Semesterferien in Deutschland
99 Geschichten aus meinem Leben in zwei Welten

Farouk Khasawneh
Semesterferien in Deutschland
99 Geschichten aus meinem Leben in zwei Welten

Bibliografische Information der Deutschen Nationalbibliothek
Die Deutsche Nationalbibliothek verzeichnet diese Publikation in der Deutschen Nationalbibliografie; detaillierte bibliografische Daten sind im Internet über http://dnb.d-nb.de abrufbar.

Herstellung und Verlag:
Books on Demand GmbH, Norderstedt

ISBN 978-3-8334-7396-8

Inhalt

7

Vorwort

Viele Bekannte lasen mein erstes Buch und fanden es interessant. Ich freute mich über jede Bemerkung und die Nachfrage nach weiteren Geschichten, der ich gerne nachkam und fleißig schrieb. Auf ihre Veröffentlichung musste ich dann selbst lange warten, bis Murad mit Layout, Abbildungen und Umschlag fertig wurde.

Hier möchte ich die Erzählungen meiner Erlebnisse fortsetzen. Manches erlebte ich in der Heimat, im Ausland oder in Deutschland. Manche Geschehnisse blieben nur verschwommen im Gedächtnis, andere detaillierter.

1939 Rotwein für das Baby

Ich konnte noch nicht laufen, aber mein Gedächtnis war bereits aktiv. Es klingt unglaublich, ist aber wahr. Ich kann mich an vieles erinnern. Meine Familie konnte später alles bestätigen, was ich ihnen aus meinen Erinnerungen vortrug. Meine Mutter und meine Schwestern trugen mich im Hof spazieren.

Wir hatten Nachbarn, die eine Dienstfrau beschäftigten. Leider war die Frau taubstumm. Mit lauten Geräuschen und Gesten konnte sie meine Mutter verstehen. Sie besuchte meine Mutter, wenn sie Zeit hatte und ihre Arbeitgeber abwesend waren. Die Familie muss sehr reich gewesen sein, da die Bedienstete sich nur um ein Baby kümmern musste. Sie brachte einmal eine Flasche Rotwein, übergab sie meiner Mutter und erklärte, dass etwas Rotwein für kleine Kinder gesund wäre. Keiner in unserer Familie trank Alkohol. Aber meine Mutter wollte die arme Frau nicht beleidigen. Also nahm sie den Wein an. Ich war auf ihrem Arm und fing an zu schreien. Keiner wusste warum. Meine Mutter erklärte meinen Schwestern später, dass die Flasche ein Störfaktor und die Erklärungen der Frau anstrengend waren. Fortan schrie ich sofort, wenn diese Frau in meine Nähe kam.

Abends bekam ich einen Teelöffel aus der Flasche und schlief die Nacht durch. Mein Vater beobachtete dies und warnte vor einer Sucht. Meine Geschwister fanden dies auch sehr befremdlich und konnten es nicht verstehen. Eine Woche später landete die Flasche im Abfall. Zwei Jahre später gab es eine große Aufregung in der Nacht und alle versammelten sich schnell in einem Zimmer. Ein großer Stein war gegen den Rollladen geschleudert worden, was alle aus den Betten geschreckt hatte. Mein Vater zog seine Pistole und rannte in die Richtung, da wir schon einmal Streit mit einem Nachbarn hatten. Fast hätte mein Vater die taubstumme Frau erschossen. Sie hatte wieder eine Rotweinflasche für mich gebracht! Sechzig Jahre später empfahl mir mein Arzt in Deutschland, abends ein Gläschen Rotwein zu trinken, es soll Herzinfarkt vorbeugen.

1940 Kinderwagen umgekippt

Ich war das einzige Kind in der Familie, das einen Kinderwagen bekam. Es gab erst jetzt welche zu kaufen. Mein Bruder Faisal wurde im selben Wagen kutschiert. Er war direkt nach mir geboren. Sein Zwillingsbruder starb nach der Geburt. Die Schwestern waren von diesem Privileg ausgeschlossen. Ihre Rechte waren etwas beschnitten. Wahrscheinlich war es damals ähnlich auf der ganzen Welt! Ich genoss vieles, was andere Kinder nicht hatten. Ich bin nicht stolz darauf, weil ich dafür viel leiden musste. Ich musste den Neid und die Wut anderer einstecken. In dieser Geschichte war es bestimmt keine Absicht, dass mein Bruder Tayseer nicht sehr vorsichtig war. Amman bestand aus Bergen und Tälern und hatte außer den alten römischen Wegen noch keine Straßen. Tayseer wollte mit dem

10

Kinderwagen spazieren gehen, lud mich und das Baby Faisal in den großen Wagen und hatte Spaß daran. Er gab dem Wagen immer einen kleinen Schubs und rannte hinterher. Ich amüsierte mich und lachte laut, und mein Lachen steckte das Baby an. Nach etwa 300 Metern ging es steil hinab. Tayseer hatte nicht damit gerechnet, dass der Wagen plötzlich schneller wurde. Er war erst zehn Jahre alt und unerfahren. Der Wagen beschleunigte weiter. Wir im Wagen hatten keine Ahnung von Gefahren. Tayseer eilte dem Wagen nach, der weiter an Geschwindigkeit gewann. Als ich ihn weit hinter uns sah, fing ich an zu weinen und fühlte mich verlassen. Es war kein Mensch weit und breit. Die Gegend war so steil, dass sogar die Tiere Schwierigkeit hatten, dort zu laufen. Tayseer rannte weinend so schnell er konnte, und sah keine Rettung mehr. Wir hatten großes Glück und überlebten das Ganze. Der Wagen kippte nach 400 Metern um und blieb liegen. Er war gegen einen Felsen gestoßen. Das Baby schrie wie am Spieß, blieb aber unverletzt. Als Tayseer uns erreichte, stellte er fest, dass ich nur kleine Schrammen hatte. Er weinte bitterlich und wir weinten mit. Er lud uns wieder in den Wagen und brachte uns nach Hause. Meine Mutter war entsetzt, machte Tayseer große Vorwürfe und verbot ihm, uns wieder alleine zu hüten.

1941 Die Beschneidung

Man kennt das Thema seit Tausenden Jahren. Das männliche Wesen wurde nach verschiedenen Religionen beschnitten. Es gab kein bestimmtes Alter dafür. In Jordanien werden nur Hochzeiten gefeiert, aber nicht die Beschneidung. Vor wenigen Jahren erzählte man mir, dass auch Frauen in Afrika beschnitten würden. Man erklärte mir, dass die Mädchen in Afrika dadurch große Qualen erleben. Die islamische Religion sieht dies in Wirklichkeit nicht vor.
Heute werden in der ganzen Welt Jungen beschnitten, wenn die Ärzte das sinnvoll finden. Es trägt zur Hygiene bei und vermindert viele Geschlechtskrankheiten. Manche Jungen werden direkt nach der Geburt beschnitten, damit sie keine

Schmerzen spüren. Wie die Beschneidung erfolgt, kann man im Lexikon nachlesen. Die Entscheidung wird von den Eltern getroffen. Es ist auch kein Zwang, nur die meisten Eltern überlegen nicht lange und die Jungen haben meistens keine Erinnerung an die Operation. Im Westen werden die Jungen mit Betäubung beschnitten. Aber in der dritten Welt wird es bei vollem Bewusstsein gemacht.

Ich kann mich an diese Geschichte erinnern, da ich bereits drei Jahre alt war. Man lud Faisal und mich in den Kinderwagen und transportierte uns in die Kesselstadt, wo unser Hausarzt seine Praxis hatte. Ich wusste bescheid, weil meine Mutter uns in lange weiße Hemden gekleidet hatte. Vor der Praxis nahm Tayseer Faisal auf den Arm und ließ mich im Kinderwagen sitzen. Die Praxis war im ersten Stock. Ich hörte bald ein lautes Geschrei und bekam etwas Angst. Ich konnte mich aber nicht wehren. Tayseer ließ Faisal oben und kam zu mir. Ich sagte, es sei gefährlich und wollte nicht mit. Er beruhigte mich und versicherte, dass ich keine Schmerzen erleiden würde. Ich stieg weinend die Treppe hoch und lag mit geschlossenen Augen auf dem berühmten Tisch. Ich blinzelte und sah den Arzt mit einer Schere auf mich zukommen. Ich glaube mein Körper war vor Angst wie gelähmt. Sicherlich spürte ich die Schere, aber der Arzt redete mit mir und lenkte von der Tat ab. Anschließend brachte uns Tayseer nach Hause. Wir durften auf einem großen Bett liegen und ich konnte sehen, dass Faisal einen Verband um seinen Penis hatte. Fast drei Tage lang hatten wir leichte Schmerzen. Da meine Mutter uns sehr verwöhnt hatte, waren die Schmerzen beim Wasserlassen immer weniger geworden. Am vierten Tag beseitigte man den Mull und wir waren wieder fit.

Die Orange blutet

Im Süden werden viele Orangenbäume gepflanzt und ihre Früchte werden gegessen. Sie sind reich an Vitaminen. Der Orangensaft erfrischt und schmeckt gut. In Jordanien hatten viele Leute einen Orangenbaum am Haus. Diese Bäume

tragen das ganze Jahr unabhängig vom Wetter Früchte. Man pflückt die reifen Früchte bei Bedarf.
In meiner frühen Kindheit schälte mir meine Mutter Orangen. Sie tat dies mit ihren Fingern. Ab und zu floss etwas Saft heraus. Die ersten Male weigerte ich mich die Orange zu essen, mit der Begründung, sie hätte geblutet. Meine Mutter zeigte immer Verständnis und versuchte mich zu überzeugen, dass Orangen nicht bluten, sondern etwas von dem Saft verlieren. Ich lehnte es trotzdem immer ab und brach in Tränen aus. Sie schälte dann eine zweite Orange und hatte manchmal Glück, dass diese nicht blutete! Es ging hart auf hart, wenn auch die nächste Orange blutete. Zum Glück konnte meine Mutter geschälte Orangen an die älteren Geschwister verteilen. Meine Laune trieb es manchmal weit, sodass ich keine Orange aß. Denn meine Mutter konnte nicht unentwegt Orangen schälen. Für eine große Familie mussten über fünf Kilogramm Orangen vorhanden sein, damit eventuell der eine oder der andere mehr als eine Apfelsine essen durfte.
Später verzichtete ich auf Orangen, bis ich sie selbst mit einem Messer schälen konnte. In Jordanien konnte man sich viel Obst und Gemüse leisten, und verzichtete oft auf das teure Fleisch.

1942 Kindergarten oder Haftanstalt?

Meine Kindergärtnerin übertrieb ihre Aufgaben. Sie wollte das Beste für alle Kinder tun. Leider war sie pädagogisch nicht ausgebildet. Sie war sehr nett und hieß Roos. Keiner hatte sich je über sie beklagt, und die Kinder waren glücklich. Alle Eltern waren sicher, dass Roos perfekt war und waren begeistert. Sie brachte uns alles bei, sogar das Lesen und das Schreiben. Ich lernte viel von ihr, besonders Englisch. Ich schien ihr Lieblingskind zu sein, und sie besuchte uns gelegentlich zu Hause. Sie lud oft alle Eltern ein und feierte mit uns ihren Erfolg. Sie lobte mich immer, weil mein Gedächtnis sehr gut war. Ich musste alles nur einmal hören oder lesen, um es später vorzutragen. Das

Rechnen fiel mir so leicht, dass ich alle Rechenaufgaben zu lösen wusste. Sie brachte uns Lieder und Gesang bei und freute sich, dass ich alles schön vortrug. Trotz allem war sie sehr streng zu mir. Manchmal war ich übermütig und ärgerte meine Kameraden. Meistens merkte sie nichts, es sei denn, wir rauften und benahmen uns wild. Ich wollte meine Kräfte oft messen und landete meistens auf der Nase, wenn mehrere Kinder meine Angeberei ablehnten. Sie drohte uns mit Bestrafung, wenn wir nicht artig waren. Ich war nicht überzeugt, dass sie mich bestrafen würde, bis sie ihre Drohungen wahr machte.

Auf dem Hof des Kindergartens befand sich eine kleine Höhle. In Jordanien gab es viele Felshöhlen, die man früher verwendete. Roos hatte die Höhle zumauern lassen. Der Eingang wurde sogar verschönert, und mit einer Tür verschlossen, damit keine Kinder hineingingen und sich in der Höhle fürchteten oder verletzen. Sie duldete meine Unruhe nicht, und kündigte an, dass ich in die dunkle Höhle käme. Ich nahm sie nicht ernst und hüpfte herum. Die anderen Kinder freuten sich, als sie mich in die Höhle steckte. Sie schloss die Tür von außen und meinte, dass ich dort in der Mittagspause bleiben sollte. Ich war am Lachen und Tanzen, bis sie und die Kinder nach Hause gingen. Die Ewigkeit schien echt zu sein, und ich weinte nur noch. Als sie mich befreite, warnte sie alle vor Unartigkeit. Die Angst und den Schock spürte ich Jahrzehnte. Anscheinend hat diese Methode bei allen Kindern gewirkt. Danach taten wir alles, was sie anordnete, ohne eine Sekunde zu zögern.

Hühnerdreck

Ich konnte mit drei Jahren rechnen und führte Kunststücke vor, aber war trotzdem naiv und hatte Vertrauen zu meinen Geschwistern. Ich glaubte alles, was sie mir erzählten. Leila ist knapp zwei Jahre älter als ich, und hatte mich in der Kindheit öfters reingelegt. Meine Eltern hatten ein großes Grundstück und züchteten verschiedene Tiere und Pflanzen. Sie hatten viele Hühner und etliche Hähne. Es gab öfters

Hühnereier und wenn unerwartet Gäste erschienen, konnte man ihnen Hühnerfleisch anbieten. Ich rannte manchmal im Spiel hinter den Hühnern her, bis Leila mir etwas vorlog. Sie aß, während die Eltern draußen waren und kaute absichtlich laut. Ich wollte auch etwas haben, und sie gab mir ganz kleine Stücke, die süß schmeckten. Die Beleuchtung war schwach und ich wollte mehr von dem Zeug haben. Sie versprach, mir etwas mehr zu bringen und warnte mich davor, den anderen etwas zu erzählen. Sie ging weg und brachte noch etwas von den Stücken und tat es mir in den Mund. Ich konnte nicht sehen, was es war und erkannte den Geschmack nicht. Ich wollte noch etwas mehr haben, aber sie gab mir ein Zeichen, dass meine Eltern kämen. Sie versprach schnell, am nächsten Tag wieder das Gleiche zu machen. Ich drängelte darauf, zu wissen, was ich aß und woher sie es hatte. Sie sagte leise, dass es aus Hühnerdreck mit Zucker und Kakao bestünde, und dass sie es kochen müsste. Am nächsten Tag lief ich den Hühnern nach und wollte wie Leila kochen. Als meine Mutter wissen wollte, was ich suchte, sagte ich ihr, dass ich Hühnerdreck sammeln wollte, damit Leila Süßigkeit zubereiten sollte. Ich hatte bereits eine kleine Schüssel voll. Meine Mutter dachte nicht lange nach, aber sagte mir, dass man aus Hühnerdreck nur Düngemittel für die Bäume zusammenkehrt. Als ich Leila aufsuchte, um ihr dies zu sagen, fand ich sie an den Schubladen im Elternschlafzimmer. Sie war überrascht, dass ich hinter ihr stand und zuschaute, wie sie kleine Stücke rausholte. Ich gab ihr die Schüssel mit dem Hühnerdreck und war enttäuscht, dass sie davon nichts haben wollte. Mein Vater hatte essbare Sachen im Schrank für die Feste deponiert.

1946 Stromdiebe

Amman war ein Dorf mit etwa 2000 Einwohnern. Nur wenige Häuser hatten Strom oder fließendes Wasser. Die meisten Bewohner lebten von Landwirtschaft. Es gab genügend freie Äcker. Wir hatten Glück, dass mein Vater für die junge Regierung arbeitete. Das Geld, das er am Ende des Monats bekam, reichte fürs Leben. Wegen der großen Familie musste er auch mit kleinen Beträge sparsam haushalten. Er schaffte es mit den Jahren, ein Grundstück zu kaufen und zu bebauen.

Das Elektrizitätswerk begann, mit kleinen Dieselmotoren Strom zu erzeugen, und die Firma vergrößerte sich nach und nach. Sie stellten manchmal den Strom ab, wenn die Kapazität nicht groß genug war. An manchen Tagen hatten wir stundenlang kein Licht und wir mussten Öllampen einsetzen. Die Entwicklung war rasant und aus dem Dorf wurde eine große Stadt. Die technischen Pläne wurden nicht reichlich bedacht. Auch Jahrzehnte später musste die Firma regelmäßig Teile der Stadt unbeleuchtet lassen.

Mein Vater hatte eine zweite Wohnung auf unserem Grundstück bauen lassen. Unsere Eltern bezogen mit uns die neue Wohnung und vermieteten die ältere.

Wir zogen in die neu gefertigte Wohnung ein, bevor der Strom angeschossen war. Mein Vater hatte rechtzeitig einen Antrag auf Strom und Wasser gestellt, und war sehr optimistisch. Das Elektrizitätswerk war aber noch nicht in der Lage, Strom an neu gebaute Wohnungen zu liefern. Wir wohnten zwei Monate ohne Strom und hofften auf einen baldigen Anschluss. Mein Vater reklamierte die Verzögerung der Firma ohne Erfolg. Die meisten Mitglieder der Familie hatten Geduld und beklagten sich nicht. Wegen der Schule ging die Familie früh ins Bett. Mein ältester Bruder konnte die Lage nicht hinnehmen und machte meinem Vater einen Vorschlag. Ich hörte mit und sagte laut, dass man den Strom nicht stehlen dürfe. Sameh war böse auf mich und befahl mir, zu schweigen. Mein Vater schwieg auch und äußerte sich zu dem Vorschlag nicht deutlich. Am nächsten Abend hatten wir Strom in der Wohnung und fragten uns, wie das möglich war. Wieder schrie uns Sameh an und gab uns Anweisung, niemandem Auskunft zu geben. Er erklärte meinem Vater, wie er das Kabel angeschlossen hatte. Er riet allen, vorsichtig zu sein und rechtzeitig das Licht zu löschen. Trotzdem war er sehr optimistisch und rechnete mit keiner

Kontrolle. Es ging einen Monat lang gut. An einem Morgen erschienen zwei Arbeiter des Elektrizitätswerks und wollte ihren Auftrag ausführen. Die Zeit war gekommen, uns mit Strom zu beliefern. Wir ließen sie herein, ohne an etwas Böses zu denken. Plötzlich schrie der eine Arbeiter, als er das Kabel meines Bruders entdeckte. Es gab keine Entschuldigung. Mein Vater musste den Strom auch für die Zeit, als wir ohne Strom waren, bezahlen. Die Firma berechnete den Strom ab Fertigbau. Es war für alle peinlich, nur mein Bruder hielt still.

Picknick in einem Obstgarten

Mein Vater wollte den Lastwagen nutzen und fuhr mit der ganzen Familie zu den Obstgärten in der Nähe von Amman. Er fragte einen Pächter, ob wir auf seinem Grundstück den Tag verbringen durften. Es war Sommer und viele Obstsorten waren bereits reif. Der Pächter war einverstanden und erklärte meinem Vater, dass das Obst zu bezahlen wäre, wenn wir welches pflückten. Er zeigte uns einen Teil des Gartens, wo wir grillen durften. Meine Mutter und die Schwestern ließen sich nieder, und begannen die Vorbereitungen für das Mittagessen. Die älteren Brüder fuhren zusammen weg. Sie wollten immer für sich bestimmen, was sie unternehmen wollten. Mein jüngerer Bruder und ich fühlten uns unbeobachtet und entfernten uns von den anderen. Die Bäume waren voll mit Obst. Das schönste für mich waren die Aprikosen. Sie waren groß und reif und brachten uns auf dumme Gedanken. Die unteren Äste der Bäume trugen wenig Obst. Nach dem Probieren verführte uns der Geschmack zu weiteren Versuchen. Die oberen Äste waren zu hoch für uns. Leider benahmen wir uns daneben, und ich warf Steine und gefallene Äste nach oben und traf manchmal eine Frucht. Ich konnte nicht mehr aufhören, da der Geschmack vortrefflich war. Mein Vater bereitete den Grill vor und kümmerte sich nicht um uns. Er glaubte, dass ich vernünftig wäre und rechnete nicht mit meiner Dummheit. Bevor wir satt wurden, kam der Pächter und schimpfte so laut, dass mein Vater zu uns eilte. Der Pächter konnte sich nicht beruhigen und wiederholte ärgerlich, dass man die Früchte nicht mit Steinen und Ästen herunter holen dürfte. Mein Vater war auch entsetzt und schimpfte mit uns und versprach dem Pächter, alles in Ordnung zu bringen. Trotzdem wurde dieser immer lauter und konnte kein Verständnis aufbringen. Es wurde wie ein Streit und er blieb Stur und akzeptierte kein Geld. Mein Vater hatte den Laster für den Abend bestellt gehabt. Er war verzweifelt. Ich wiederholte meine Entschuldigung sehr oft, aber beide wollten meine Stimme nicht hören. Mein jüngerer Bruder blieb still und machte ein trauriges Gesicht. Am Ende gab mein Vater zu, dass wir alles falsch gemacht hatten und bat den Pächter, uns die Zeit zu lassen, bis wir gegessen hätten. Der Pächter war nicht zu bremsen, murmelte vor sich hin, dass er nie wieder Leute auf sein Grundstück lassen würde und ging weg. Die ganze Familie war sehr enttäuscht, schluckte das Essen herunter und räumte auf. Beim Verlassen des Gartens lief mein Vater zurück zu dem Pächter, bat ihn nochmals um Verzeihung, erwähnte das kindische Ereignis, bezahlte nach Gefühl und wir liefen heraus. Wir mussten in der Nähe Schatten suchen und auf meine älteren Brüder warten. Die Brüder erfuhren nichts von dem Vorfall, sonst hätten sie mich geschlachtet.

1947 Betrügerischer Imam

Früher gab es keine Banken aber Leute, die Geld verliehen und dafür auch sehr viel Zinsen verlangten. Manche verloren dadurch ihre ganze Habe. Dabei wurden manche Verleiher reich. Wer schlau ist, der kann aus dem Nichts ein Vermögen bilden. Ich lernte Männer kennen, die bereit waren, für Geld alles zu tun. Ein Teil wurde reich, ohne entdeckt zu werden. Jedoch war die Gier manchmal so groß, dass Behörden davon Wind bekamen und solche Leute für Straftaten ins Gefängnis steckten. Durch Drohung und Strafe werden Verbrecher vorsichtiger und verbessern ihre Methoden.

18

In der dritten Schulklasse kam ein bärtiger Lehrer, um uns über Religion aufzuklären. Er machte auf uns keinen schlechten Eindruck. Er war ruhig und oft in seine Gedanken versunken. Er behandelte uns nicht streng und lächelte uns selten an. Wir erfuhren, dass er auch jeden Freitag als Vorbeter in einer Moschee tätig war. Dies werteten wir als positives Zeichen. In der Familie erzählte ich oft über meine Lehrer, besonders wenn sie mich im Unterricht lobten. Als ich von diesem Lehrer erzählen wollte, stoppte mich Tayseer und äußerte sich negativ über den Imam. Mein Vater kommentierte dies nicht, obwohl ich mehr über den Lehrer wissen wollte. Er meinte nur, dass unser Religionslehrer nicht lange arbeitete.

Als dieser Lehrer eines Tages nicht zum Unterricht erschien, besuchte ich meinen Vater im Büro und bat ihn, mich aufzuklären. Im selben Büro hatte der Staatsanwalt seinen Schreibtisch. Er hörte mich reden und sagte ungefragt, dass man den Lehrer verhaftet hätte und auf ein Gerichtsverfahren wartete. Es kam ein andere Lehrer als Ersatz und blieb in der Schule. Die Schulkinder fragten nach dem Betrüger nicht mehr. Die Vorgänge blieben geheim und nichts stand in der Zeitung. Nur mein Vater konnte die persönliche Akte nachschlagen. Der Mann war Wiederholungstäter. Er kannte die Schwäche von Unterschriften und nutzte es für seine Zwecke. Er hatte sich auf Bankschecks spezialisiert. Im Nahen Osten wurden damals Schecks und Papiergeld eingeführt. Der Täter bekam für seine Leistungen und Geschäfte Schecks. Er sammelte viele Schecks, änderte den Betrag und präsentierte sie einer Bank im Nachbarland, bei der er sein Girokonto hatte.

Schwache Helden

Ich steckte dauernd Prügel und Beschimpfungen von meinen ältesten Brüdern ein und wollte plötzlich als Ausgleich einen Sieg erringen. Ich konnte das Einstecken nicht mehr ertragen. Gegen meine ältesten Brüder hatte ich keine Chance. Der Altersunterschied betrug 8-10 Jahre. In der

Gesellschaft hatten sie wahrscheinlich keine Möglichkeit, sich durchzusetzen. Ich überlegte sehr lange, wie ich meinen Stolz befriedigen könnte. In der Schule erzählte ich nie, dass meine Brüder mich in Schach hielten. Meine Brüder bekamen nie ein schlechtes Gewissen und fühlten sich mir gegenüber sehr stark. Ich konnte sie nicht stoppen und musste mit den schweren Zeiten leben. Ich fühlte mich auf der Straße und in der Schule schwach und benahm mich wie ein Feigling. Meine Geschwister bezeichneten mich als Schaf oder Hase. Ich mied sogar das Spielen mit Klassenkameraden und war meistens einsam und alleine. Nur die Lehrer mochten mich und anerkannten meine schulischen Leistungen. Es waren sehr wenige Kameraden, mit denen ich etwas Kontakt hatte. Ich war durch meine Brüder gehemmt und ängstlich. Ein Schulkamerad aus der Nachbarschaft bemerkte meine Probleme und machte mir Mut. Er behauptete, ich sei sehr stark und könnte meine Kräfte mit anderen Jungen messen. Nach langer Überlegung wollte ich meine Kräfte testen.

Kurz vor Unterrichtsanfang stand Hisham neben mir und schlug vor, dass ich loslegen sollte. Kurz danach sah ich den kleinsten meiner Klasse die Treppe hochkommen. Es waren mehr als 50 Stufen von der Straße bis zum Schulhof oben. Ich triumphierte innerlich und wartete auf mein Opfer. Oben angekommen wollte er uns wie immer begrüßen. Ich ließ ihn keinen Atemzug holen, zerrte ihn zu mir und sagte ihm etwas Böses. Er ahnte nichts, fiel weinend auf den Boden und suchte nach dem Grund für den Streit. Im Gegensatz zu mir hatte er mit meinem Benehmen nicht gerechnet. Der Boden war sehr rau und seine Knie bluteten. Ich fühlte mich wie ein Löwe, der sein Opfer gefunden hatte. Ich beschimpfte ihn grundlos und tat so, als ob er an irgend etwas schuld wäre. Zum Glück läuteten die Schulglocken und wir eilten in die Klassenräume. Hisham zeigte sich begeistert, obwohl der Junge in Wirklichkeit durch Zufall gefallen war und nicht durch meine Kräfte. Später schämte ich mich für meine Tat und bereute alles. Die ganze Sache wurde nie besprochen.

Später wurde das Opfer mein Freund und war nicht nachtragend.

Unterricht abgeblasen

In Jordanien erlebten wir manchmal starke Winde oder viel Schnee. Doch der Schnee blieb nie lange liegen und der Wind hatte nur im Herbst oder im Winter Kraft. In meiner Kindheit erlebte ich einige Male kleine Stürme. Ich hatte oft große Angst. Weil wir das Treppenhaus mit Metallplatten überdacht hatten, entstanden laute Geräusche, als ob das Haus in die Luft ginge. Obwohl es in Wirklichkeit sehr stabil erbaut war, zitterte ich bis der Sturm vorbei war. In der dritten Klasse war ich einmal sehr überrascht, als ich zur Schule gehen wollte. Die Nacht zuvor war alles still und es regnete nicht. Jedes Mal, wenn ich die Wohnungstür einen Spalt öffnete, schlug sie wieder zu. Es war der Wind, ein starker Sturm! Ich kämpfte gegen den Wind, kam aber nicht aus dem Haus. Mein Vater eilte hinzu und hielt meine Hand fest, um mit mir weiter zu laufen. Ich wurde vom Wind zurück geblasen und landete wieder in der Diele. Darauf meinte er, es sei zwecklos und bat mich, zu Hause zu bleiben. Es blieb mir auch nichts anderes übrig. Ich fühlte mich wie von der Welt abgeschnitten. Mein Vater schaffte es, ins Büro zu gelangen. Der Sturm zog nach drei Stunden vorüber. Am nächsten Tag war ich wieder in der Schule, und niemand hatte mich vermisst. Es kam mir vor, als ob ich wochenlang gefehlt hätte. Tatsächlich versäumte ich nur diesen einzigen Tag in meiner ganzen Schulzeit. Ich hatte eigentlich keinen Lehrstoff verpasst, aber mein Gewissen bohrte immer wieder und ließ mir keine Ruhe. Als später unsere Gegend dichter bebaut wurde, war kein Wind mehr zu befürchten.

So eine Lehrerin!

Meine Schwester Leila hatte es sehr schwer in der Schule. Sie lernte langsam und vergaß den Lernstoff sehr schnell. Mit Mühe und Not kam sie in die vierte Klasse. Die Eltern und die älteren Geschwister konnten ihr beim Lernen nicht helfen. Sie machte ihre Hausaufgaben und widersprach nie der Lehrerin.

Englisch war ab der vierten Klasse ein Pflichtfach. Samihah, Yusra und Siham waren bereits ohne Abitur von der Schule abgegangen.

Leila kam weinend in Begleitung von zwei Schulkameradinnen, die mit ihr Mitgefühl hatten, nach Hause. Sie blutete im Gesicht und an den Armen und erzählte, dass die Lehrerin sie bestraft hätte, weil sie etwas nicht wiederholen konnte. Zu der Zeit waren die Lehrer die Herrscher der Schule und schlugen die Kinder ohne Erbarmen. Keiner hatte den Mut, sie zu stoppen.

Yusra konnte es nicht ertragen, die jüngere Schwester so leiden zu sehen. Wir hatten kein Telefon. Yusra eilte zu einem Heft, verfasste einen Brief an die Lehrerin und schickte Leila damit zur Schule zurück. Leila blieb danach zu Hause und half beim Putzen im Haus. Sie besuchte nie wieder die Schule. Für damalige Zeiten war es halb so schlimm, wenn die Mädchen zu Hause blieben.

Wahrscheinleich hat die Lehrerin nie wieder eine Schülerin angefasst. Yusra hatte gedroht, ihr die Haare einzeln vom Kopf zu reißen.

Für die Lehrerin war es eine ewige Warnung. Die Mädchen bestätigten, dass sie danach lieb zu den Schülerinnen wurde.

Zehn Jahre später waren die Lehrer froh, wenn sie von den Schülern keine Prügel bekamen.

1948 Vom Regen in die Traufe

In diesem Jahr wurde Amman bombardiert. Danach hatten alle Bewohner große Angst und versuchten, aus der Hauptstadt zu flüchten. Man glaubte, dass die jordanischen Dörfer etwas sicherer wären. Gleich am Tag nach der Bombardierung nahm sich mein Vater frei und fuhr mit der ganzen Familie nach Aidoun. Er hatte einen Bus gemietet, und die Familie konnte so verschiedene Gebrauchsgegenstände mitnehmen. Mein Großvater wies uns ein großes

Zimmer im ersten Stock eines Gebäudes an, das ganz aus Lehm und Bambus gebaut war. Meine Mutter und meine Schwestern mussten den Raum putzen und aufräumen. Das Zimmer war mindestens zwanzig Jahre ungenutzt und hatte weder Tür noch Fenster, sondern eine große Öffnung zur Belüftung und eine andere als Eingang. Das Gebäude war das höchste im Dorf und bot keine Einsicht für Fremde. Meine Großeltern wohnten in einem anderen Gebäude am selben Hof. Unser Raum war ungemütlich. Wir nahmen die Notunterkunft an, weil es keine Alternative gab. Mein Vater glaubte, uns in Sicherheit gebracht zu haben und fuhr zurück nach Amman. Faisal und ich gingen spielen und kamen abends zurück. Die älteren Brüder waren nicht mitgefahren, und wir zwei waren frei von ihrer Kontrolle. Wir waren am Abend sehr enttäuscht, dass es kein fließendes Wasser und keinen Strom gab und man das Plumpsklo im Hof, dessen Boden aus weichen Lehm war, ohne Licht aufsuchen musste. Nicht weit davon entfernt befand sich ein Brunnen, aus dem wir Trinkwasser holten. Am nächsten Morgen stellten wir fest, dass viele Fledermäuse an der Decke unserer Unterkunft ihre Ruheplätze hatten. Sie flatterten in der Nacht hinaus und wieder herein. Alle hatten Angst, im Raum herumzugehen, da der Boden immer etwas nachgab. Unter dem Raum hatte mein Opa seinen Pferdestall. Er besaß auch einen Esel, der sich tagsüber im Hof aufhielt.
Mir wurde langweilig. Die Verwandten waren zerstritten, und viele Kinder waren angewiesen worden, sich von uns fernzuhalten, weil ihre Väter meinen Opa nicht liebten und sie unser Aufenthalt bei ihm störte.
Als Kind wollte ich immer gut sein. Ich war eine Entdeckernatur und wollte Versuche durchführen, um Neues zu lernen. Die Kinder auf dem Dorf mussten auf dem Feld helfen und hatten keine freie Zeit. Ich bat meine Schwester um eine leere Garnspule und ein starkes Gummiband, das man früher für Kleider verwendete. Ich freute mich, dass sie eine leere Spule hatte. Ich befestigte den Gummi auf einer Seite der Spule, und suchte nach einem harten Draht. Ich fand einen Kupferdraht im Hof und spitzte ihn auf einer Seite an. Ich

zog am Gummi und ließ den Draht schießen, dann las ich ihn wieder auf. Er war zu lang aber ich hatte kein Werkzeug, ihn zu kürzen. Das Spiel machte mir Spaß und ich ging in den Hof, um weiterzuspielen. Opas Esel graste dort und alles war ruhig, bis ich auf den Esel zielte und den Draht losließ. Ich hatte nichts dabei gedacht und traf den Esel, der nun wie verrückt im Hof herum galoppierte und mit den Hinterbeinen ausschlug. Es tat mir leid, und es dauerte lange, bis ich den Draht aus seiner Haut herauszog. Danach schmiss ich alles ins Klo. Fortan rannte der Esel wild umher, wenn er mich bemerkte, und keiner wusste warum.

Alle waren überglücklich, als mein Vater kam und uns wieder nach Amman mitnahm. Uns waren die feindlichen Bombenwerfer in der Stadt lieber. Länger als eine Woche konnten wir es nicht mehr ertragen.

Wo läufst du hin?

Nur eine liebe Mutter kann empfinden, was Liebe und Leiden wirklich sind.

Meine Mutter gebar 13 Mal und hatte zwei Fehlgeburten durch die Streitigkeiten meiner ältesten Geschwister. Ich war fast immer unabsichtlich der Grund für die Probleme in der Familie. Meine Mutter konnte es nicht ertragen, dass die ältesten Brüder uns quälten. Aber sie konnte uns vor den starken Burschen nicht schützen. Der älteste war bereits 20 Jahre alt und warnte die Mutter, sich einzumischen und demonstrierte ihr seine gewaltigen Kräfte. Er überzeugte sie davon, dass er auch sie schlagen könnte. Also litt meine Mutter fast täglich, wenn Schläge verteilt wurden. Ich war meistens das Ziel von Sameh und Tayseer, die als Vorwand hatten, die Jüngeren zu erziehen. Es war nur Neid und Schikane, denn unsere Eltern hatten mich gut erzogen. Es gab sehr viele große Familien, aber ihre Kinder stritten sich nicht so oft. Meistens war mein Vater nicht anwesend, wenn die großen Geschwister ihre Enttäuschungen und Schwächen abreagieren wollten. Er sprach ein Machtwort, aber die Brüder nahmen keine Notiz davon. Damals hatten wir kaum

Nachbarn, die mir zu Hilfe kommen konnten. Eines Tages konnte meine Mutter diese furchtbaren Szenen nicht mehr ertragen und fluchte. Sie war kurz vor einem Herzversagen. Sie zog sich an, nahm den jüngeren Bruder an die Hand, trug den Jüngsten auf ihren Arm und forderte mich auf, ihr nachzufolgen. Sie sah keinen anderen Ausweg und konnte nicht klar denken. Wir liefen in eine Richtung, die ich nicht kannte. Es war heiß und der Weg war sehr staubig. Wegen des plötzlichen Aufbruchs nahmen wir nichts zu trinken mit. Den jüngsten Bruder trug sie, da er noch nicht richtig laufen konnte. Nach einer Stunde Fußmarsch sprach meine Mutter den ersten Satz, und sagte traurig, dass sie mit uns zu Verwandten im nächsten Dorf gehen wollte. Ab und zu sahen wir einen grünen Fleck, aber sonst war die Gegend wüst und menschenleer. Es war besonders anstrengend für meine Mutter, die den Einen auf dem Arm trug und den Andern an der Hand hinter sich her schleppte und zusätzlich verschleiert lief. Wir bekamen Durst und die jüngeren Brüder waren unruhig geworden. Ich lief hinterher und betete leise. Wir waren sehr lange gelaufen, ohne einem Menschen zu begegnen. Auf der Strecke lebten noch wilde Tiere, die man verjagte. Amman war ein kleines Dorf. Ich fragte brav meine Mutter, ob es noch sehr weit wäre. Sie antwortete, dass das erste Haus des Dorfes bereits in Sichtweite wäre. Fast waren wir im Dorf, als ich Stimmen hinter uns hörte. Ich drehte mich ängstlich um und sah eine Gestalt, die laut rief und schnell rannte. Ich blieb wie erstarrt stehen und versuchte, meine Mutter zu stoppen. Sie blieb kurz stehen und drängte, dass ich mich beeilen sollte. Ich schaute immer wieder nach hinten und konnte bald erkennen, dass es mein Vater war, der uns folgte. Als er uns einholte, war er völlig außer Atem und konnte nicht sprechen. Meine Mutter drehte sich nicht um und lief weiter. Weinend sprang mein Vater ihr in den Weg und fragte, wohin sie gehen wollte. Er hatte sich früh im Büro abgemeldet und wollte einkaufen gehen. Meine Mutter war erschöpft und reichte ihm den jüngsten Bruder. Die Lage war eindeutig und er bat sie, eine Pause zu machen und danach langsam zurück nach Hause zu laufen. Es war wirklich ein weiter Weg, den wir machten. Wir liefen wortlos nach Hause und gingen gleich schlafen. Anscheinend hatten sich Sameh und Tayseer vom Haus entfernt und somit war die Angelegenheit vergessen.

Heuschnupfen

Die moderne Medizin kann heute die meisten Krankheiten erkennen und behandeln. Es gab in meiner Kindheit nur wenige Ärzte in den größeren Städten Jordaniens. Wer studieren wollte, musste ins Ausland gehen. Es war ein Privileg, einen Schulabschluss zu erreichen oder gar ein Studium zu absolvieren. Das Geld war sehr knapp, dem Land fehlten die Hilfsmittel, und die Menschen dort hatten keine großen Ambitionen, weiterzukommen. Die Leute waren unsicher und litten unter den politischen Gegebenheiten. In Jordanien konnte man die Mediziner an den Fingern abzählen, und sie waren nicht auf dem neusten Stand. Nur wenige Leute konnten sich eine ärztliche Behandlung leisten. Die Engländer kauften sehr viele Rohstoffe und brachten Geld ins Land. Dies beschleunigte die Entwicklung. 1948 reisten zahlreiche Flüchtlinge in Jordanien ein. Fortan verbesserte sich die finanzielle Lage in Jordanland. Viele fingen an, zu studieren und das Land florierte.

Ein Verwandter kam mit seinem kranken Kind zu uns und erklärte meinem Vater, dass der Junge Probleme mit seinen Augen hätte. Am nächsten Tag begleitete sie mein Vater zu einem Augenarzt, der das Kind behandeln sollte. Der Onkel sprach ausführlich mit meinem Vater und reiste ohne das Kind ab.

Der Junge konnte die Augen kaum öffnen, er hatte schlimmen Heuschnupfen. Der Augenarzt ließ uns wissen, dass es Wochen dauern würde, bis er wieder genesen würde. Der Junge schlief bei uns auf dem Speicher, wo Faisal und ich unsere Betten hatten. In Jordanien kennt man keine Unterbauten, also keine Keller. Die meisten Häuser haben Speicher über den Sanitärräumen. Es ist nicht so hoch, und normalerweise wird der Raum für Hausrat genutzt. Der Junge war in meinem Alter und beklagte sein Leiden nicht sehr oft. Einer von uns musste ihn fast täglich zum Augenarzt begleiten, um seine Behandlung durchführen zu lassen. Er war kein Störfaktor und wurde wie ein Familienmitglied aufgenommen. Gelegentlich kaufte er Faisal und mir ein Eis, da er genug Geld von seinem Vater hatte. Nach etwa sieben Wochen waren seine Augen geheilt und sein Vater holte ihn wieder ab. In Amman kannten wir diese Augenkrankheit nicht. Wir waren wenig draußen und es gab weniger Staub als auf dem Dorf. Ein Jahr später bekamen Leila und ich im Frühling wiederholt dieselbe Augenkrankheit. Meine Schwester wurde nie gründlich geheilt, und ich wurde diese Krankheit erst in Deutschland los.

1949 Tuberkulose

Ich kann eventuell die Anzahl meiner Verwandten, die direkt von meinem Opa abstammten, schätzen. Selbst die sind so zahlreich, dass ich die meisten nicht kannte. Viele heirateten früh und zogen mit ihrem Partner weg. Manche verließen ihr Dorf und suchten sich eine andere Gegend. Sie arbeiteten als Bauern und verloren den Kontakt zu ihrem Stamm. Viele waren Analphabeten und konnten auf keinem anderen Gebiet ihr Brot verdienen. Nur ein kleiner Teil ging zur Schule und gab es schnell auf, zu lernen. Ein Teil reiste außerhalb Jordanland ab und ging in ein anderes arabisches Land. Von denen hörten wir nichts mehr. Nur durch ihren Familiennamen konnte man die Verwandtschaft feststellen.
Meine Eltern verließen das Dorf und wohnten in einer kleinen Stadt, weil mein Vater die Schule in Beirut abschloss. Er fand immer eine Stelle bei den Behörden. Ab 1923 blieb er mit der Familie in Amman. Unser Haus wurde wie ein Zentrum für alle Verwandten, die in Amman einen Arzt aufsuchten, mangels medizinischer Hilfe auf den Dörfern. Meine Eltern schickten keine Verwandten weg. Auf dem Dorf konnte man sich nur mit Hausmitteln behelfen.

Wenige Onkel besuchten uns ohne besonderen Anlass. Im vierten Schuljahr kam eine Tante mit ihrem Ehemann. Ich wunderte mich, dass meine Mutter davor warnte, diesen Besuchern zu nahe zu kommen. Mein Vater begleitete sie zu einem guten Arzt. Sie übernachteten bei uns im Gästezimmer und besuchten den Arzt tagsüber. Mein Vater erfuhr, dass seine junge Schwester Tuberkulose in fortgeschritten Stadium hatte, und dass die neu entwickelte Medizin nicht mehr half. Zu dieser Zeit konnte man im Nahen Osten Penizillin spritzen, aber das half nur, wenn die Krankheit gerade erst ausgebrochen war. Der Onkel hatte sich bereits angesteckt und beide konnten ihren Husten nicht mehr verstecken. Sie waren dreißig Jahre alt und hatten keine Kinder. Der Arzt war sicher, dass beide höchstens noch eine Woche zu leben hatten. Nach dieser Diagnose reisten sie ab, und mein Vater ließ es uns erst jetzt erfahren. Ich hatte mich von der Tante einige Male küssen lassen und hatte keine Bedenken. Sie lebten weniger als eine Woche und man erwähnte sie nie wieder.

Ich war immer emotional und weinte lange auf unserem Dach. Bald wurde diese Krankheit seltener, und man konnte den Patienten rechtzeitig helfen.

1950 Schlange am Himmel

Meine ganze Familie befand sich auf dem Dach. Von unserem Haus aus hatten wir einen weiten Blick und konnten fast alle Wohngebiete Ammans sehen, das sich auf mehreren Berge erstreckt, die zum Teil über 1000 Meter hoch sind.

Mein Vater schaute nach oben und rief laut, dass eine wahnsinnig große Schlange am Himmel wäre. Prompt schauten wir alle in die selbe Richtung. Sie kreiste schnell und wurde immer größer. Alle fingen an, laut Gebete zu sprechen. Ich bekam die größte Angst meines Lebens. Meine Mutter kommentierte, dass es ein Wunder wäre, und dass die Welt zu Ende ginge.

Mein Vater rief sogar die Passanten und machte sie auf die Erscheinung aufmerksam. Im Nu hörte ich laute Gebete von allen Seiten, und glaubte, mein Leben sei beendet. Das Ding war schnell und kam immer tiefer.

Keiner wusste wie es weiter gehen sollte. Mein Vater fing an, über sein Testament zu reden. Zu dieser Zeit verstand ich nicht, was er damit meinte. Die Eltern waren etwas religiös und hatten keine Ahnung, was in der weiten Welt geschah. Ich war jung und naiv und meine Fantasie war sehr begrenzt.

Bald ging die ganze Familie in das Gästezimmer, um Radio zu hören. Es dauerte eine Ewigkeit, bis die Nachrichten kamen. Tatsächlich wurde gleich berichtet, dass die Engländer neue militärische Flugzeuge entwickelt hätten, die schneller als der Schall waren. Ein Pilot hätte sein Flugzeug über Amman getestet. Alle beruhigten sich und fühlten sich gerettet.

Obwohl es im Nahen Osten englische Sender gab, erfuhren die Menschen nur wenig über die Entwicklung im Ausland.

Vom Gesundheitsminister operiert

Eine schwere Erkältung hatte mich befallen und hielt sich hartnäckig. Ich nieste ohne Unterbrechung. Der Arzt konnte mir nicht helfen. Alle Hausmittel versagten. Ich benutzte

Stofftaschentücher und ließ sie gründlich waschen. Man kaufte mir viele Taschentücher, da es keine aus Papier gab. Ich musste leiden, steckte aber keinen an. Nach sechs Wochen entschied sich mein Vater, einen anderen Arzt aufzusuchen. Die Praxis befand sich in der Stadtmitte und war leicht zu finden. Ich war zum ersten Mal bei diesem Arzt. Auf dem Weg dahin flüsterte mir mein Vater ins Ohr, dass dieser jahrelang als Gesundheitsminister tätig gewesen war. Es war mir egal, bei welchem Arzt ich Hilfe bekam. Ich hatte keine Angst, zu Ärzten zu gehen. Wir gingen in die Praxis hinein und begegneten zwei Männern. Nach der Begrüßung wurde mir klar, dass der eine ein Arzt war und der andere Mann sein Helfer. Ich wurde auf einen hohen Hocker gesetzt und untersucht. Ich war der einzige Patient und es gab kein Wartezimmer in der Praxis. Die Untersuchung dauerte nicht lange und es wurde nicht viel gesprochen. Der Arzt muss seinem Helfer ein Zeichen gegeben haben, da dieser plötzlich meinen Kopf festhielt. Der Arzt nahm ein Gerät, das wie ein dünner Meisel aussah und führte es in meine Nase ein. Ich hatte keine Möglichkeit, wegzulaufen oder zu protestieren. Ich wusste nicht, was der Arzt vorhatte. Er erklärte mir seine Absicht nicht. Er bewegte das Teil in verschiedene Richtungen, und das tat weh. Für Minuten glaubte ich, dass meine Augen herausfielen. Der Helfer war so stark wie ein Bulle und ließ meinen Kopf nicht locker. Die Behandlung dauerte eine Ewigkeit. Als er das Gerät herauszog, glaubte ich an ein Ende der Schmerzen. Leider machte er das Gleiche mit meinem anderen Nasenloch. Heutzutage kann man sich solche Operationen nicht vorstellen. Der Arzt würde angeklagt und ins Gefängnis gesteckt werden! Wahrscheinlich hatte dieser Arzt noch nie eine Betäubung vorgenommen. Nach dem brutalen Angriff legten sie mich auf einen Tisch und stoppten die starke Blutung. Ich war wehrlos und ließ mich weiter quälen. Am Schluss stopfte mir der Arzt in Jod getunkte Mullbinden in beide Nasenlöcher und schickte mich nach Hause. Am nächsten Tag wechselte er die in der Nase befindlichen Mullbinden aus. Am dritten Tag zog er

30

das Zeug heraus und - oh Wunder - ich war geheilt! Ich gebe zu, dass ich danach jahrelang keinen Schnupfen erlitt.

Streit um Kaugummi

Auf dem Weg nach Hause war ich mit einer Gruppe Schüler unterwegs, die in meiner Nachbarschaft wohnten. Alle unterhielten sich friedlich und liefen den selben Weg wie gewohnt. Vor uns liefen zwei Klassenkameraden. Plötzlich beschwerte sich der eine Kamerad lautstark, dass der andere ihm kein Kaugummi schenkte. Schnell wurden die beiden laut und stritten sich. Der Große zog ein Taschenmesser hervor und drohte dem Anderen damit. Wir blieben alle stehen und wollten die Kameraden beruhigen. Es schien, als ob der Streit andere Gründe hätte. Der Unbewaffnete wurde sehr böse und versuchte, dem anderen das Messer aus der Hand abzunehmen. Aber das Messer lag fest in dessen Hand und Abed verletzte sich bei diesem Angriff. Der Messerträger warnte immer wieder, dass er stechen würde. Aber er zog sich einen Schritt zurück, als Abed ihm das Messer wegnehmen wollte. Keiner der Beiden wollte nachgeben und meine Gruppe schaute zu. Ich zitterte vor Angst und glaubte, dass es eventuell Tote gäbe. Es bildete sich ein Kreis, wie eine Arena, und wir mussten weiter auseinander gehen, weil das Messer sehr scharf war. Fast alle waren im selben Alter, nur der Messerträger war einen Kopf größer. Meine ganze Gruppe schwieg und wartete auf eine Lösung. Die Straße war abgesehen von uns leise und leer. Abed blutete aus den Wunden, die er sich zugezogen hatte. Es ging hitzig weiter, bis eine ältere Frau den Schauplatz erreichte. Sie merkte schnell, dass die Lage kritisch war. Sie brüllte uns alle sehr laut an und ohrfeigte die beiden Streithähne. Sie meinte, dass sie sich friedlich verhalten und sich um das Lernen kümmern sollten. Wie durch Zauber war der Streit beendet und das Messer verschwand. Sie bezeichnete alle als Bettnässer und warnte vor Konsequenzen. Wir waren alle beschämt und gingen nach Hause. Nach wenigen Tagen waren die zwei

Kameraden so gute Freunde, dass niemand die alte Geschichte verstehen konnte.

Die Trauben waren nicht reif

Mein Vater vermietete drei Wohnungen an das Militär in Amman. Wir wohnten im obersten Stockwerk. Es wurden viele Büros eingerichtet, ohne Änderungen am Gebäude vorzunehmen. Was die Offiziere und Soldaten machten, ging uns nichts an. Auf jeden Fall bezahlten sie höhere Mieten, als die Flüchtlinge aus Palästina. Da wir einen separaten Eingang hatten, waren die Soldaten selten im Weg. Im hinteren Teil des Grundstücks hatten wir Verschiedenes gepflanzt. Uns interessierten nur die Traubenreben und ein Mandelbaum. Wir ernteten die grünen Mandeln im Frühjahr und sammelten die reifen Trauben im Sommer. Im Mietvertrag war dokumentiert, dass die Mieter nur die Räume zu gebrauchen hätten. Die Reben wurden mit einem großen Gerüst gestützt, und sie kletterten weiter auf das Dach der Erdgeschosswohnung. Im August sind die Trauben reif und schmecken süß. Meine Eltern machten Saft und kochten einen Teil für den Winter ein. Keiner von uns war geizig, und gelegentlich brachten wir Trauben in das Büro der Offiziere, denen die Trauben offensichtlich schmeckten.
Wir pflückten wöchentlich, was reif war. Jordanien hatte sehr viel Trauben und anderes Obst und so exportierten die Bauern, was zuviel war. Die Preise waren sehr niedrig.
Als mein ältester Bruder der Meinung war, dass Trauben verschwanden, wollte er herausfinden, wer daran schuld war. Mein Bruder versteckte sich hinter der Dachmauer und schaute nach unten. Ich musste hinter ihm stehen, um seine Befehle auszuführen. Er füllte einen Feuerlöscher mit Leitungswasser und überwachte die Gegend. Die Entfernung zu den Reben betrug knapp 15 Meter. Die Lage war sehr spannend und ich wartete auf seine Befehle. Er lächelte und sagte leise, dass er auf mehrere Diebe warten würde. Als er sicher war, dass bereits drei Soldaten aufs Dach geklettert waren und anfingen, Trauben zu naschen, betätigte er den

Feuerlöscher. Es war bereits etwas dunkel und die Hungrigen wussten nicht, woher das Wasser kam. Sie ahnten jedoch, was passiert war und eilten herunter, bevor sie völlig durchnässt wurden. Was Sameh tat, begeisterte mich nicht, aber damit war der Rest der Trauben gerettet und die Geschichte endete ohne Zwischenfälle. Was bin ich froh gewesen!

Brechbohnen von Gestern

Mein Vater vermietete zwei Wohnungen und wir wohnten im ersten Stock. Man konnte günstig bauen, aber die Arbeiten wurden meistens nicht sehr genau ausgeführt, und man musste auf Luxus wie Badewannen verzichten. Viele Häuser verfügen bis heute weder über fließendes Warmwasser noch über Zentralheizung. Die Winter waren mild, und keiner besaß einen Mantel. In manchen Häusern beheizte man einen einzelnen Raum mit Holz, und die Familie versammelte sich in der kalten Zeit um den Ofen. Es gab hin und wieder auch Schnee, aber dieser schmolz schnell und die Temperatur sank nicht unter Null Grad. Auch im Winter kauften wir frisches Obst und Gemüse. Lammfleisch gab es nur, wenn der Metzger frisch schlachtete, da wir keinen Kühlschrank kannten. Wir waren zahlreich und aßen Alles am gleichen Tag. Es gab keine Reste und nur wenig Müll.

Mein Vater war mit seinem Einkommen zufrieden und konnte sogar etwas Geld auf die Seite legen. Er sorgte für die Söhne, die im Ausland studieren wollten. Er konnte sogar ein weiteres Stockwerk neu errichten lassen.

Im Erdgeschoss wohnte eine reiche Familie und leistete sich sogar eine Bedienstete, die sich um den ganzen Haushalt kümmerte. Diese Mieter bezahlten immer pünktlich und machten uns keine Probleme. In Jordanien sind die Mieten sehr niedrig, und man ist froh, wenn die Mieter etwas Geld sehen lassen. Manche weigern sich längere Zeit, zu bezahlen. Die Gesetze sind sehr weich und man geht Streitigkeiten aus dem Weg.

Unsere Treppe verlief an der Außenwand des Hauses. Ich wollte hoch laufen und wurde von der Bediensteten aus dem Erdgeschoss aufgehalten. Sie sprach sonst mit keinem von uns. Sie bot mir an, uns die Essenreste vom Vortag herauf zu bringen. Ich lehnte dies sofort entsetzt ab und erklärte ihr, dass wir von Niemandem Essen annähmen, und dass wir immer genügend zum Essen hätten. Ich lief direkt zu meiner Mutter und beklagte bitterlich, was die Frau vorschlug. In der Schule war ich manchmal hungrig, aber nahm von den Kameraden nie etwas an. Meine Mutter schickte meine Schwester zu den Nachbarn. Yusra war aufgebracht und schimpfte mit ihnen.

Eine Woche später stoppte mich die Frau und erklärte, dass sie ein Messer vermisste, das auf dem Fensterbrett gelegen hatte. Ich konnte mich nicht beherrschen und erklärte der Frau, dass sie mit großen Folgen rechnen müsste. Als mein Vater nach Hause kam, informierte ihn meine Mutter. Er ging sofort herunter und bat die Mieter, die Wohnung bis Ende des Monats zu räumen. Am selben Tag wollte sich die Bedienstete entschuldigen, und meinte, sie hätte das Messer wiedergefunden. Ich sagte ihr, dass sie mich nie wieder ansprechen dürfte. Trotzdem bestand mein Vater darauf, dass die Familie ausziehen musste.

1952 Mein Zitronenbaum

Ich liebte immer Bäume und andere Pflanzen. Damals wohnten wir im zweiten Stock. Im hinteren Teil des Grundstückes gab es die Möglichkeit, etwas zu pflanzen. Allerdings gehörte dieser Teil zu einer Wohnung, die vermietet war. Ansonsten war die ganze Gegend in Jordanien ziemlich öde. Die Bewohner waren nur an ihrem täglichen Brot interessiert. Viele befürchteten, dass der Staat Israel sich erweitern könnte, und deswegen machten sie keine Pläne für ihre Zukunft.

Die meisten mussten zuvor bereits aus ihren Häusern in Palästina flüchten und waren verzweifelt. Bis 1952 gab es noch keine Volkszählung, meiner Schätzung nach wohnten nur hunderttausend ursprüngliche jordanische Araber im Jordanland. Meine Familie stammte aus Irbid im Norden. Mein Vater pflanzte nach der arabischen Revolution nichts mehr an, weil man ihm aus Neid alles vernichtet hatte. Manche glaubten, die selben Grundstücke gesetzlich zu bekommen, wenn die Osmanen erst weg wären.

Ich hoffte auf Obst und Gemüse aus eigenem Anbau uns sprach immer wieder meinen Vater wegen des Gartens an, doch er war nicht mehr interessiert. Auf dem Gemüsemarkt entdeckte ich einen Stand mit Pflanzen und kaufte mir ein Zitronenbäumchen. Ich erklärte meinem Vater, dass ich den Wunsch hätte, diesen Baum bei den Nachbarn zu pflanzen. Er antwortete, ich sollte die Nachbarin fragen. Ich ging mit Faisal herunter, die Nachbarin war einverstanden und zeigte mir ein Plätzchen für das Bäumchen. Leider hatten die Nachbarn kein Werkzeug, und ich war sicher, dass auch wir kein Gartenwerkzeug besaßen. Hilflos versuchte ich mit meinen Hausschuhen und mit den bloßen Händen ein Loch zu graben. Die Nachbarin lachte sich kaputt und konnte mir nicht weiter helfen, sie hätte nie Pflanzen gewollt. Mein Vater schaute zum Fenster heraus und musste ebenfalls lachen. Zum Glück beobachtete mich ein anderer Nachbar, der schnell mit einer Schippe herunter kam. Er war mit Gartenarbeiten vertraut und setzte das Bäumchen in die Erde. Der Baum wuchs sehr schnell. Das Schöne an Zitronenbäumen ist, dass ihre Blätter immer grün bleiben und sie das ganze Jahr Früchte tragen. Es ist fast wie im Schlaraffenland, und der Saft ist immer nützlich.

Noch Jahre später bewunderte ich den Baum von unserer Wohnung aus. Er trug noch keine Früchte. Während meiner Abwesenheit im Ausland entfernten die Nachbarn den Baum, weil er die Sicht etwas behinderte. Die Sonne schien nicht mehr direkt in ein Zimmer. Meine Trauer und meine Tränen brachten meinen Zitronenbaum nicht zurück.

Teuere Träume

Meistens hatte ich keine Wahl, mir ein Zimmer oder ein Bett auszusuchen. Ich wuchs in einer großen Familie auf und akzeptierte alles wie es kam. Wir hatten wenig Platz und noch weniger Geld. Dies bedeutet aber nicht, dass die Familie unglücklich lebte. Man hatte auch keine Vergleiche, um zu klagen oder zu meckern. Bis auf die Quälerei durch meine ältesten Brüder war ich sehr zufrieden. Selbstverständlich mussten wir in engen Räumen schlafen. Meine Eltern konnten sich ohne Luxus helfen. Zum Essen saßen wir immer zusammen an einem Tisch. Alle aßen, was auf den Tisch kam, und es blieb nie etwas übrig. Wir hatten eine Menge dicker Matratzen und rechneten stets mit Übernachtungsgästen. Die Bettgestelle waren begrenzt und die Matratzen wurden am Morgen hoch übereinander gestapelt und abgedeckt. Ich hatte sogar das Glück, öfters ein Bett zu belegen. Meine Eltern bevorzugten mich oft und ich konnte dies nicht ablehnen, obwohl es offensichtlich gegenüber den Geschwistern nicht gerecht war. Liebe ist meistens nicht perfekt und jeder besitzt viel Egoismus, und damit wird die Liebe nicht gleichmäßig verteilt.

Ich teilte über viele Monate ein Zimmer mit meinem ältesten Bruder, und mein Bett war sehr bequem. Vom Schnarchen war nicht zu reden und Sameh fing an, mich zu akzeptieren. Er kaufte ein schönes Radio von Tayseer, der schöne Sachen aus Kairo mitgebracht hatte. Es wurde auf dem kleinen Tisch zwischen den Betten platziert. Ich fasste das fremde Radio nicht an. Meine Schwester Siham war für die Hausordnung verantwortlich. Sie war auch bereit, die Messingsteile von Samehs Ausrüstung zu polieren, der Soldat war. Sie stickte sogar eine Tischdecke und legte das neue Radio darauf.

Ich träumte nachts, am Zipfel der Tischdecke gezogen zu haben. Ein polterndes Geräusch weckte die ganze Familie. Ich ahnte etwas Schlimmes und bewegte mich nicht. Sameh sprang aus seinem Bett und stellte fest, dass es sich um sein Radio handelte. Er schaltete das Licht ein und die ganze Familie stand in der Tür. Als sie die Radioteile auf dem

Boden sahen, beschuldigte mein Vater Sameh, das Radio in seinem unruhigen Schlaf berührt zu haben. Siham war der Meinung, ich wäre es vielleicht gewesen. Ich verschwieg meinen Traum, und Sameh blieb der Tat schuldig. Erst Jahre später erzählte ich Siham von meinem Traum und bestätigte ihren Verdacht. Sie meinte meine Entschuldigung sei zu spät gekommen. Ich hatte damals nicht bestritten, dass ich es war. Ich hatte nicht gelogen. Ich hatte nur geschwiegen.

Der Schulaufsatz

In der siebenten Klasse schrieben wir viele Aufsätze im Arabischunterricht. Meistens wurden die Themen vom Lehrer bestimmt. Viele schrieben wir direkt in der Klasse und gaben sie am Ende des Unterrichts ab. Kein Schüler bekam die Hefte der anderen zu sehen. Es war auch nichts besonders, den Stil der Kameraden zu kennen. Auf diesem Gebiet waren keine Schüler begabt. Dichter und Schriftsteller erkennt man schon in den jungen Jahren. Man müsste ein Naturtalent sein, um brillante Aufsätze in der achten Klasse zu verfassen.

Unser Lehrer wollte uns fördern und motivieren und gab uns die Aufgabe, eine Geschichte in der Freizeit zu schreiben. Ich nahm die Aufgabe ernst und wollte etwas daraus machen. Aber die Mehrzahl war gar nicht interessiert. Als der Lehrer wieder sprechen wollte, war die Stimmung sehr gequält. Trotzdem sollten wir uns zwei Stunden mit dem Thema beschäftigen. Als er in der folgenden Unterrichtsstunde wissen wollte, wer etwas geschrieben hatte, hoben sich wenige Hände. Ich ahnte, dass der Lehrer zuerst meinen Aufsatz hören wollte. Ich sollte tatsächlich beginnen. Ausgerechnet diesmal hatte ich meinen Vater gebeten, diese Geschichte für mich zu schreiben! Selbstverständlich war ich gut vorbereitet und hatte den Text gelesen. Meine Schrift ähnelte seiner, deswegen hatte ich den Aufsatz nicht abgeschrieben. Ich durfte im Sitzen vorlesen. Die Kameraden wurden still und waren überrascht, dass ich so einen literarischen Beitrag vorbereitet hatte. Keiner kam auf die Idee, dass ich ihn nicht selbst verfasst hatte.

Die Geschichte handelte von der Jagd in der Wüste. Ich wollte ein Reh fangen und hatte dazu meinen Falken dabei. Solche Szenen konnte mein Vater perfekt schildern. Der Falke war abgerichtet, ein Reh anzugreifen, damit ich es abschießen konnte. Die Rehe konnten in der Wüsste schnell rennen und man sollte sie nicht lange verfolgen. Das Rehfleisch schmeckte nicht so gut, wenn das Opfer weit gerannt war. Der Falke wurde auf dem Arm genommen und losgelassen, wenn ein Tier in Sicht war. Mein Arm wurde mit dickem Leder geschützt, weil der Falke sehr scharfe Krallen hatte. Er konnte die Beute im Sturzflug angreifen und ihre Augen beschädigen, sodass sie keine Chance mehr hatte, zu entkommen. Manchmal brauchte man kein Schrot, um das Reh zu erlegen.

Dies klingt sehr brutal und bestialisch, leider entspricht es der Wahrheit. Viele in der Klasse waren schockiert und vermuteten keine solchen Aggressionen bei den Jägern. Als ich mit Vorlesen fertig war, zeigte sich der Lehrer anerkennend und zufrieden. Er eröffnete eine Diskussion und wollte wissen, ob jemand eine Kritik an meinem Beitrag fand. Selbst der Lehrer war überzeugt, dass ich es geschrieben hätte. Nur drei Schüler meldeten, dass sie einen Sprachfehler entdeckt hätten. Sie hätten ein Wort nicht verstanden. Recht hatten sie. Ich selbst hatte es nie zuvor gehört. Es stammte aus der alten Literatur, die nur der Lehrer verstand! Nach diesem Aufsatz hassten mich noch mehr Schüler, weil der Lehrer mir noch mehr Lob aussprach.

Schatzsuche

Verschiedene Schulkameraden waren schlau und trickreich. Ich glaubte an Schutzengel und Glück. Ich war sehr oft mit heiler Haut aus Gefahren entkommen. Es war aber nicht nur Zufall, dass ich unbeschadet das Rentenalter erreicht habe. Meine Erziehung trug etwas dazu bei. Meine Angst und Feigheit half auch, mancher Situation unbeschadet zu entrinnen. Ob Mädchen oder Jungen wurde man von den Eltern sehr ausführlich aufgeklärt. Der Weg zur Schule war genau bekannt. Die Jungen durften die Einkäufe für die Küche tätigen. Für alles andere trug der Vater die Verantwortung alleine. Es gab kaum Gefahren für Kinder, und trotzdem waren die Eltern immer hellwach.

Ich konnte mich kaum auf Kameraden verlassen. Die Erfahrung lehrte mich, wachsam und skeptisch zu sein. Es waren wirklich sehr wenige, mit denen ich etwas Kontakt pflegte. Vor allen ging es um schulische Pflichten. Ich kann auch nicht verleugnen, dass ich sehr naiv war und alles glaubte, wenn man mir etwas Neues erzählte. Ein Kamerad behauptete, von einem Schatz in der Nähe der Schule gehört zu haben und zeigte mir eine große runde Scheibe aus Messing. Ich erwähnte dies vor meiner Mutter, die mich gleich warnte, irgend welchen Kameraden zu trauen.

Wenige Tage später klingelte es stürmisch an der Haustür. Wir waren alle auf dem Dach und genossen die Aussicht. Mein Vater schaute zur Haustür and meinte, es wären Kameraden von mir. Ich sah drei Klassenkameraden, die ich nie leiden konnte, vor der Tür stehen. Mit zittrigen Knien ging ich herunter und grüßte sie. Einer fing an zu erzählen, und mein Vater beobachtete das Ganze. Einer von ihnen hatte einen Hammer in der Hand und ein anderer versteckte eine große Machete unter seinem Mantel. Das brachte mir mehr Unruhe und Furcht. Sie meinten, ich sollte sie begleiten, da sie auf Schatzsuche gehen wollten. Meine Antwort war sofort negativ und die Stimme meines Vaters machte ihnen Sorge. Ich sagte ihnen, dass wir Besucher hätten und dass ich mit ihnen nicht einen Schritt machen wollte. Sie versuchten, mich zu überreden und wollten auf Biegen und Brechen, dass ich mitginge. Zum Glück rief mein Vater laut und deutlich, ich sollte wieder rauf kommen, als ob er etwas geahnt hätte. Wieder schlug ihr Plan fehl.

1953 Eine Birne verhalf zu meinem Erfolg

Mein Opa nahm 14 Mal an der Hadj genannten Pilgerreise teil. Er pilgerte auch zu Fuß. Früher starteten Pilger mit einer Kamelkarawane im Nahen Osten Richtung Mecca. Mit etwas Geld und Proviant konnten auch arme Leute mitmachen. Im Islam wird empfohlen, einmal im Leben zu pilgern, wenn man es sich gesundheitlich und finanziell leisten kann. Mein Großvater schien daran Spaß zu haben und hielt sich gerne in Mecca und in Medina auf. Er ritt wiederholt nach Saudi Arabien, und meine Oma begleitete ihn einige Male. Seine letzte Reise unternahm er mit dem Bus, deshalb musste er bei uns in Amman Rast machen.

Es ist eine Sitte, dass man seinen Angehörigen Mitbringsel gibt. Es war einmalig, dass mein Opa uns Kleinigkeiten mitbrachte. Er war nicht arm, aber sehr sparsam. Ich bekam von ihm eine aus Sand und Ton gemachte Birne. Er empfahl mir, diese nach jedem Gebet dreimal zu lecken. Im Islam sind 5 Gebete am Tag vorgeschrieben. Es ist in der Religion verankert, und die meisten Moslem halten sich daran. Ich übertrieb es und betete noch einmal in der Nacht.

Ich teilte einen Schlafraum mit meinem jüngeren Bruder, der weniger von Religion hielt. Ich war leichtgläubig und hängte die Birne von Innen an die Zimmertür und leckte an ihr regelmäßig nach jedem Gebet, wie es mein Opa geraten hatte. In Mecca muss man der Birne einen leichten Geschmack beigemischt haben. Meine Geschwister kommentierten dies nicht, und ich glaubte ernsthaft an diesen Gebrauch.

Fortan glaubte ich fest, dass ich mehr Erfolg auf allen Gebieten erreichte. Selbst meine ältesten Brüder piesackten mich höchst selten, ohne dass sie ahnten, dass ich unter die Gläubigen gegangen war. Es gab mir ein gutes Gefühl, und ich betrachtete dies als mein Geheimnis. Ich wurde nachdenklich und sprach weniger mit meinen Schulkameraden. Ich wurde manchmal gefragt, warum ich mich verändert hätte. Ich fühlte eine Kraft und bekam eine Bestätigung durch einen Lehrer, der uns die Idee nahebrachte, dass der Glaube Berge versetze. Ich nahm dies fast wörtlich und versuchte, meine Stärke durchzusetzen. Ich übte das Lecken der Birne länger als drei Jahre, ohne einen Zweifel zu haben. Leider dauerte die Geschichte nicht mehr lange. Eines Tages schlug die Zimmertür so heftig zu, dass diese heilige Birne auf dem Boden fiel und in kleine Stücke zerbrach. Ich war traurig, und mein Bruder behauptete, der Spuk wäre vorbei. Kurz vor dem Abitur verlief alles schlechter. Mit Mühe und Not schaffte ich die Prüfungen.

1954 Katzen lassen sich nicht bestrafen

Unter meinen Tauben, die ich züchtete, konnte ich Charaktereigenschaften feststellen, die auch bei Menschen zu finden waren. Ein goldbraunes Weibchen konnte leider nie richtig fliegen. Wenn sie es versuchte, fiel sie auf die Straße, und einer von uns musste sie wieder auflesen. Sie ließ sich auch ohne Problem anfassen und tragen. Eines Tages legte sie wie gewöhnlich zwei Eier in den alten Eisenofen auf dem Dach. Bevor die Eier ausgebrütet waren, verließ sie das Nest und war nicht mehr zu finden. Ihr Partner suchte sie auch im Flug. Das Männchen war verzweifelt, aber ließ die Eier nicht lange ohne Wärme. Es war ein hübscher Vogel und kümmerte sich um die Eier, bis die Küken geschlüpft waren. Er verließ das Nest nur, um Futter zu holen. Er fütterte die Küken, bis sie fliegen konnten. Er flog einmal in die Tiefe und pickte alle Melonenkerne auf, die eine Nachbarin in der Sonne trocknen ließ. Als wir ihn später auf dem Markt verkauften, kam er zu uns zurück!

Eigentlich wollte ich mehr von dem Weibchen erzählen, beziehungsweise von Katzen.

Eines Tages, als meine braune Taube auf die Straße gefallen war, rannte mein Bruder die Treppe herunter, um sie zu holen. Ich stand am Dachrand und schaute zu, wohin sie lief. Eine Nachbarin war am Fenster und sprach mich an. Am Anfang rechnete ich nicht damit, dass sie Englisch sprach. Sie wollte wissen, ob es eine Taube war, die mein Bruder trug. Das Gespräch war damit nicht beendet. Sie bat mich um einen Gefallen. Ihr Kater Peter wäre auf unserem Grundstück gelandet. Sie wollte ihn wiederhaben. Ich freute mich auf die Praxis einer fremden Sprache. Mit einem Blick sah ich ihren Kater auf dem Dach unserer zuerst gebauten Wohnung. Er sah wunderschön aus und stammte sicher aus einer edlen Züchtung. Ich holte eine Leiter und begleitete sie hin. Ich wunderte mich, die Frau nie zuvor gesehen zu haben. In wenigen Minuten erzählte sie mir fast ihren ganzen Lebenslauf. Wahrscheinlich dachte sie, dass ich sowieso kaum etwas verstand! Sie war zwanzig Jahre alt und arbeitete als Sekretärin in der amerikanischen Botschaft.

Als wir über die Leiter aufs Dach gestiegen waren, kam ihr Peter langsam in unsere Richtung. Er blieb im Abstand von einem halben Meter stehen. Ich konnte es nicht fassen. Erst als sie mir beichtete, dass der Kater abgehauen war, wollte ich alles wissen. Er hätte ihr Bett nass gemacht und sie hätte ihn geschlagen. Er sprang über den Balkon und verließ sein Heim. Ich wollte ihr sagen, dass man eine Katze nicht schlagen sollte. Sie fing an, mit dem Kater zu reden und streckte ihren Arm aus, um ihn zu streicheln. Er knurrte und hob seine Pfote. Als sie das selbe wiederholt versuchte, fauchte er sie an und schlug auf ihren schönen Arm. Ich konnte sie nicht davon abhalten, es noch zweimal zu versuchen. Er zerkratzte ihre Arme, bis sie blutete. Nachdem sie merkte, dass der Kater sich jedoch von mir streicheln ließ, gab sie auf. Er verschwand danach und wurde nicht mehr gesehen. Sie machte sich Vorwürfe und weinte.

1955 Länger aufbleiben

Die ganze Familie ging immer um 21:00 Uhr schlafen, da wir um sieben Uhr morgens am Frühstückstisch sein mussten. Es gab selten eine Ausnahme und alles lief wie am Schnürchen. Besonders am Morgen ging alles wie geschmiert, obwohl wir nur einen Baderaum hatten. Es geht alles gut im Leben, wenn man dazu den Willen hat. Schon als Kleinkind lernten wir, wie man seine Zeit einteilte. Abends war alles still und friedlich. Bei großen Familien mit verschiedenen Charakteren war dies ein Wunder, wenn morgens auch Ruhe herrschte. Die meisten Konflikte gab es gegen Mittag. Auch die Quälerei meiner ältesten Brüder. Es war eigenartig und schien wie programmiert, dass meine Tränen und mein Geschrei häufig vor dem Mittagsessen statt fanden. In dieser Zeit war mein Vater selten anwesend und meine Mutter war mit dem Kochen beschäftigt. Alles war von den Brüdern systematisch vorbereitet.

Diesmal ging es um etwas anderes. Ich wollte abends länger aufbleiben und für die Schule lernen. Ich wollte auch allen beweisen, dass ich mich anstrengen und meine Noten verbessern könnte. Also bat ich meine Mutter um einen Rat. Sie schlug vor, schwarzen Tee zu trinken, damit ich wach bliebe. Ich begrüßte ihren Vorschlag und fing an, in ein Schulbuch zu schauen. Inzwischen kochte sie mir einen starken Tee und brachte ihn in das Zimmer. Ich saß im Bett und nahm ihr das große Glas aus der Hand. Der Tee war noch sehr heiß, aber das Glas konnte ich halten. Sie wünschte mir viel Erfolg und ging schlafen. Es war erst wenige Minuten nach neun Uhr. Den Tee in der Hand haltend schlief ich ein, ohne davon getrunken zu haben. Als ich aufwachte, war das Licht noch an und das Glas in meiner rechten Hand leer! Der ganze Tee hatte sich auf meiner Schlafdecke verteilt. Weil die Decke mit Schafswolle gefüllt war, gelangte kein Tropfen auf meinen Körper. Es war schon sechs Uhr und Zeit zum Waschen. Wegen der nassen Schlafdecke, schimpfte keiner. Es war für mich ein Zeichen, dass mein Körper viel Schlaf brauchte. Ab nun hielt ich mich an die Regeln. Es war nämlich eine Routine geworden, die ich nicht umgehen konnte. Vor allem saß ich nicht mehr im Bett, wenn ich etwas lernen wollte. Auf jeden Fall war dies ein Abenteuer, das man nicht vergessen kann.

Whisky pur

Mit meinem Schulkameraden Anwar fuhr ich in den Sommerferien nach Jerusalem. Anwar stammte aus Kaukasien und war sehr religiös. Die politische Lage in der palästinensischen Zone war ruhig, und wir konnten dort übernachten. Tagsüber machten wir Besichtigungen und aßen in einem Restaurant in der Nähe der alten Mauer. Es herrschte viel Betrieb, und wir mussten lange auf einen Tisch warten. Vorher war der Tisch von einem Engländer besetzt, der uns kurz ansprach. Er bat uns, den Rest seiner großen Flasche Whisky zu trinken. Kaum war er aus der Tür, lachten wir beide über sein Angebot und glaubten, er hätte gescherzt. Die Flasche war ziemlich voll und hatte ein schottisches Label. Anwar hatte Erfahrung mit Alkohol und freute sich, die Flasche zu bekommen. Ich war sehr aufgeregt und konnte nicht begreifen, dass wir ein solches Geschenk von einem Fremden bekommen hatten. Ich war aber auch skeptisch und wartete auf eine Erklärung. Alkohol ist streng verboten im Islam. Für religiöse Moslems ist es sogar eine Sünde, wenn man einen Blick auf alkoholische Getränke wirft. Nachdem unser bestelltes Essen kam, goss Anwar den Flascheninhalt in zwei große Trinkgläser ein und meinte, dass man den geschenkten Whisky trinken sollte. Bis zu diesem Augenblick war ich nicht sicher, dass Alkohol in der Flasche war. Nach dem ersten feurigen Schluck ließ sich der Rest trinken. Ich hatte ein schlechtes Gewissen, ließ aber keinen Tropfen übrig. Ich merkte schnell, dass ich berauscht war und beschloss, nie wieder so etwas zu trinken. Es wirkte schneller als wir dachten, und wir liefen schnell zu unserem Hotel. Ich konnte den Rest des Tages kein Wasser lassen und glaubte an eine große himmlische Bestrafung. Ich wollte einen Notarzt aufsuchen und war verzweifelt, aber konnte nicht darüber sprechen. Anwar hatte etwas mehr als ich getrunken und behauptete, es wäre alles in Ordnung. Ich blieb die ganze Nacht wach und bereute meine Tat. Am folgenden Morgen war ich wieder fit.

1957 Ich will keinen Keks haben

Unsere Schule plante einen Ausflug in den Süden Jordaniens. Ich unterrichtete an dieser Schule und nahm daran teil. Das Kultusministerium übernahm alle Kosten und mietete zwei große Busse für eine Woche. Wir fuhren von der Schule ab und machten gelegentlich Rast. In Madaba genehmigten wir uns eine zweistündige Pause, und jeder durfte frei etwas unternehmen. Zwei Schüler begleiteten mich zu dem kleinen Markt des Dorfes. Ein Lehrer, der aus diesem Dorf stammte, hatte vorgeschlagen, uns auf dem Hof seiner Eltern zu treffen. Meine Begleiter und ich kauften mit Creme gefüllte Kekse und aßen sie auf dem Rückweg. Bis wir am Hof ankamen, hatte ich meine Packung bereits geleert.

Der Hof war von einer niedrigen Mauer umgeben, auf die man sich setzen konnte. Die Gastgeber servierten uns Tee. Man konnte sich mit ihnen unterhalten. Es war sehr angenehm. Ich fing an, über meine Erlebnisse in der Jugend zu plaudern. Meine Geschichten waren privat und ich hatte sie vorher nie erzählt. Ein Hörer war erstaunt und glaubte, ich wäre betrunken. Er fragte mich, ob ich Alkohol im Tee hätte. Alle fingen an, laut zu lachen. Danach kam ein junger Mann mit einem Tablett und bot uns Kekse an. Die Gegend war für ihre Gastfreundlichkeit bekannt. Ich sah das Tablett und stellte fest, dass er die gleichen Kekse anbot, von denen ich bereits ein halbes Pfund vertilgt hatte. Ich wollte ihn nicht beleidigen, aber lehnte seine Kekse ab. Er bestand darauf, dass ich mindestens einen Keks wegnähme. Ich machte den Fehler zu antworten, dass ich keinen Keks mehr essen könnte. Es war peinlich, und er fing an, sehr laut zu kichern, weil ich einen kleinen Keks ablehnte. Die meisten lachten so lange, bis ihnen die Tränen kamen. Nur die zwei

Schüler, die in meiner Begleitung waren, konnten mich verstehen. Aber sie verrieten mich nicht. Für die Reise schien dies ein guter Anfang zu sein.

In einen Bach gefallen

Ich konnte nie richtig schwimmen und keiner merkte es mir an. Mein erstes Abenteuer erlebte ich bereits als Erstklässler. Ich durfte mit meinen Brüdern in ein Schwimmbecken gehen. Meine ersten Versuche, zu schwimmen schlugen fehl und ich wäre fast ertrunken. Es gab nur ein Schwimmbecken in Amman und das Schwimmen war unbekannt. Keine Schule erwähnte einen Schwimmkurs. Es regnete wenig in Jordanien und das Wasser war kaum genug für Schwimmanstalten und zu viel zum Trinken!

Vier Jahre später war ich mit meinem Vater in dem einzigen Schwimmbecken in Zarqa. Ich konnte im Wasser meine Schwimmkünste ausprobieren. Ich beherrschte nur kleine Stöße vom Beckenrand. Es war sowieso ein Risiko ins Wasser zu gehen, da kein Bademeister anwesend war.

Beim nächsten Schwimmen trug ich meinen neuen Anzug. Mein Vetter und ich waren auf der Jagd. Wir trafen mit dem Tankwagen an einem Bach ein. Der Fahrer holte das Wasser täglich dort, um die Bäume zu bewässern. Er war jeden Tag unterwegs und konnte seine Fahrten einteilen. Diese Landwirtschaftsschule im Süden Jordaniens durfte das Leitungswasser nicht für die Pflanzen verwenden. Ich besaß keine Jagdkleider und war nicht erfahren. Trotzdem hatten wir an der Gegend sehr viel Spaß. Dort gab es keinen Wald und ich übte das Schießen in der freien Natur. Zu dem Gewehr hatte ich eine Pistole und einen Dolch an meine Hose angegurtet. Wir holten uns eine Wolldecke aus dem Tankwagen und wollten uns ausruhen. Ich legte das Gewehr ab und wollte meine Hände am Bach waschen. Ich näherte mich dem Wasser, nicht ahnend, wie rutschig es an der Stelle war. Ich schlitterte in den Bach und kämpfte um mein Leben. Es war wirklich tiefer als ich angenommen hatte, und die Felsen waren mit Moos bewachsen. Das Wasser trug mich noch einige Meter hinab und meine Verzweiflung hatte fast kein Ende. Mit Mühe und Not schaffte ich es, aus dem Wasser zu kriechen. Meine größte Sorge war, dass die Pistole rostete! Als erstes zog ich all meine Sachen aus und legte sie zum Trocknen auf einen Felsen. Die Kleider machten mir kein Problem, da sie in der Sonne schnell trockneten. Meine Schwester bügelte sie später. Das Wasser und den Wind hatte ich nie geliebt!

1958 Das sind meine Schwestern

Als Kind fühlte ich mich wie ein Engel. Ich badete sogar, ohne die Unterwäsche auszuziehen. Sicherlich trocknete ich mich anschließend ab und wechselte meine Kleider. Wer mich auf diese Idee brachte? Keine Ahnung! Die Pubertät änderte mein Benehmen nicht. Von den Eltern wurden die Kinder nicht aufgeklärt. Nur die Mädchen warnte man immer wieder vor den Männern. Ihnen wurde eingetrichtert, dass sie nur einen Ehemann bekämen, wenn sie bis zur Hochzeit Jungfrauen blieben. In den Schulen gab es keine Sexualkunde als Unterricht. Bei Missbrauch von Kindern wurden die Täter mit dem Tode bestraft. Da die Erziehung in der Familie sehr streng war, war die Kontrolle reichlich. Die Mädchen durften nur in Begleitung nach draußen gehen. Die Jungen wurden auch sehr streng erzogen. Sicherlich gab es immer wieder Ausnahmen. Es wurde nie von Sex gesprochen und die Jugendlichen hatten auf dem Gebiet keine Fantasie. Gleichgeschlechtlich durfte man sich mit Küsschen begrüßen. Selbst die Ehepaare hielten sich zurück und küssten sich nicht einmal vor ihren Kindern. Meine ältesten Brüder bezichtigten meine Eltern, dass sie sich vor dem Spiegel küssten. Es gab nicht so viele Spiegel im Haus und beide wollten gleichzeitig ihre Gesichter sehen.
Als Lehrer liefen wir manchmal spazieren. Wir mieden Cafes und Clubs. In der Schule beschäftigten wir uns mit Hobbys, die wir auch den Schülern beibrachten. Ich baute eine kleine Bühne in einem großen Raum und ließ die Schüler irgend welche Rollen spielen. Alle fanden Spaß

daran und ich schrieb kleine Theaterstücke für uns alle. Nur mit einem Kollegen ging ich ab und zu in die Stadt und wir tranken einen Saft. Gelegentlich sprachen wir auch von Gefühlen und indirekt über Sex. Mein Kollege gehörte der christlichen Religion an. Seine Erziehung war etwas lockerer. Das heißt, die Schwestern durften auch alleine ausgehen. Manchmal flüsterte er mir ins Ohr, dass er Verlangen nach Sex hätte. Aber er hörte keine Details von meiner Seite. Er wollte sein Wissen auf dem Gebiet erweitern und log mir vor, dass er schon Beziehungen zu verschiedenen Mädchen gehabt hätte. Das konnte ich nicht nachprüfen. Er wollte auf Brechen und Biegen offen über das andere Geschlecht sprechen. Viele Monate und viele Male begleitete ich ihn auf einen Spaziergang. Mit der Zeit wurde es mir egal, worüber wir uns unterhielten. In den alten Zeiten war die Pubertät sehr lang und sehr schwer. Jeder litt innerlich und schwieg. Man durfte sehr jung heiraten, wenn man weniger an das Studieren dachte. Mein Vater war sehr verständnisvoll und war bereit, mich bei einer Heirat zu unterstützen.

Mein Freund und ich liefen fast immer die gleiche Strecke. Ich wollte ihn nicht immer enttäuschen und versuchte irgend welche Lügen zu erfinden. Meine Fantasie ließ mich nicht im Stich und mein Gedächtnis speicherte meine harmlosen Lügen. Er war damit auch zufrieden. Als uns zwei hübsche Mädchen entgegenkamen, flüsterte ich in sein Ohr, dass ich beide gehabt hätte. Er wurde tomatenrot und ein Satz blieb in seinem Hals stecken. Ich grübelte, woran es lag und forderte ihn auf zu sagen, wo das Problem wäre. „Nein!!!", sagte er endlich. Die zwei Mädchen waren seine Schwestern! Zuvor hatte ich kein Mädchen richtig angeschaut. Wir lachten beide darüber und ich erklärte ihm, dass dies die Strafe dafür wäre, dass er oft von Frauen sprach. Unsere Gespräche wurden danach mehr wissenschaftlich.

1960 Glücksspiele

Durch Geldspiele vermehrt sich das Geld nicht immer! Manche Männer verspielen alles und leben in Schulden. Andere landen eventuell im Knast, wenn sie Verbrechen begehen, um aus ihrer Armut herauszukommen. Es gibt auch welche, die sich sogar das Leben nehmen, wenn sie ihre Armut nicht verkraften. Frauen sind vorsichtiger. Sie lösen ihre finanziellen Probleme auf vernünftige Weise. Sie berechnen alles rechzeitig und retten sich damit. Jeder Dritte liebt das Risiko und schreckt vor Verlusten nicht zurück. Ich kannte verschiedene Männer, die ihr ganzes Vermögen riskierten und am Ende Nichts auf der nackten Haut besaßen. Manche genierten sich nicht, zum Sozialamt zu gehen. Ein Bekannter verlor alle drei Wohnungen durch seine Spielsucht. Jedes mal wurde sein Eigentum zwangsversteigert, um seine Schulden bei verschiedenen Banken auszugleichen. Auf dem gleichen Weg wurde ihm das Auto weggenommen. Das Sozialamt musste behilflich sein, da er drei Kinder hatte. Das Spielen war auch ein Grund, warum er arbeitslos wurde. Der Gerichtsvollzieher setzte die ganze Familie auf die Straße. Von seinen Dummheiten lernte er nichts. Seine Frau beobachtete ihn danach auf Schritt und Tritt persönlich und ließ ihn nicht mehr spielen.

Manchmal verursacht ein Aussetzer große Probleme, und viele rasten aus und wissen nicht weiter. Es beruht zum Teil auf Missverständnissen, wenn man eine unüberlegte Entscheidung trifft. Besonders in den jungen Jahren versucht man an das große Geld zu kommen. Alleine der Gedanke, ohne große Anstrengung reich zu werden, verführt einen Teil der Bevölkerung, ein Risiko einzugehen. Heute ist die Welt voller Möglichkeiten, an Geld zu kommen. Millionen Menschen spielen Lotto oder suchen Spielcasino auf, um ihr Glück zu versuchen. Es handelt sich um ehrliche Wetten und manche bekommen Millionen. Aber die meisten Spieler unterstützen die Gewinner mit ihrem Einsatz. Wenn ich meine Spiele in vierzig Jahren betrachte, gewann ich kaum etwas dazu. Manche Gewinner verspielen ihre Gelder wieder.

Als Student erlaubte ich mir häufiger, etwas Geld in das Ungewisse zu verpulvern. Ich glaubte oft an mein Glück. Ich lobe mich, dass ich meine Lust bremsen konnte. Ich verminderte meine Ausgaben an Illusionen. Ich ging einmal in Ankara zu einem Volksfest und verlor jede Wette, die ich eingesetzt hatte. Auch Roulette war meine Schwäche. Ich wühlte in meine Taschen und stellte fest, dass ich nur noch zehn Dollar besaß. Es war erschreckend, dass mein Geld für sechs Wochen verspielt war. Aus Verzweiflung setzte ich den letzten Schein auf eine Zahl – sieben – und hob meine Hände in Richtung Himmel, obwohl es gegen den Glauben war. Die Kugel blieb bei der Sieben stehen, und ich bekam den höchsten Gewinn. Ich nahm das Geld und rannte betend nach Hause. Ich mied künftig solche Gefahren!

1961 Twinkle, twinkle little star

Im sechsten Semester des Literaturstudiums hatten wir einen Professor aus Amerika. Wir waren dreißig Studenten, 27 Studentinnen, zwei schüchterne türkische Studenten und ich. Die Mädchen waren immer anwesend und hatten an dem Studium große Freude. Die zwei anderen Jungen nahmen am Unterricht nur gelegentlich teil. Ich versäumte keine Stunde und besuchte andere Fakultäten in meiner freien Zeit. Mit der Zeit nahm ich sogar weibliches Benehmen an und meine Stimme hob sich. Die Gesellschaft hatte doch etwas Einfluss auf mich. Meine inneren Werte blieben unverändert. Die Professoren waren erstaunt, dass ich meinen festen Charakter beibehalten konnte. Ich hatte nur das Lernen im Kopf! Meine Kenntnisse in Englisch waren sehr weit entwickelt und die Dozenten hatten Freude daran. Manche Kommilitoninnen zeigten Interesse, halfen mir in den türkischen Fächern und versorgten mich mit Lernstoffkopien. Die Mädchen waren noch strenger erzogen als heute und wollten keine kurze Freundschaft anfangen. Ich wollte mich auch nicht binden.

Professor Davidson wollte mit uns neuere literarische Gedichte analysieren. Er fing an, ein Gedicht an die Tafel zu schreiben. Nach der dritten Zeile brach ich in lautes Gelächter aus. Die ganze Klasse lachte laut mit, ohne den Grund zu kennen. Der Professor drehte sich um und lachte mit. Nachdem er weiter schreiben wollte, fragte er uns höflich nach dem Witz. Ich stand auf und fragte ihn, ob ich das ganze Gedicht auswendig aufsagen sollte. Er war einverstanden und ich zitierte alles wie ein Dichter. Er lobte mich sehr und schrieb den Rest an die Tafel. Er war der Meinung, dass die Anderen das Gedicht von der Tafel abschreiben müssten, um den schönen Vers zu beherrschen. Mir wurde echt langweilig, und ich fühlte die Enttäuschung. Als er fertig war, wollte er von mir wissen, woher ich das Gedicht kannte. Ich stand wieder auf und bat um Entschuldigung. Ich sagte verbittert, dass ich das Gedicht schon im Kindergarten allen Eltern vorgesungen hatte! Ich fügte hinzu, dass mein Lachen nicht negativ war. Nachträglich war ich verärgert, dass ich von der Vergangenheit erzählte. Stattdessen hätte ich besser einen guten Witz vorgetragen.

Sommerferien in Stuttgart

Ich studierte an der Universität in Istanbul und hatte bereits erfolgreich sechs Semester absolviert.

Nach dem ägyptischen Abitur hatte ich Kontakt zu vielen Universitäten in Westdeutschland aufgenommen, um dort ein Studium anzufangen. Ich war bemüht, meine Zukunft auf technischem Gebiet aufzubauen. Da ich kein Deutsch sprach und die Kosten im Westen sehr hoch waren, sah ich von dieser Sache ab. Mein Vater war bereit, mich zu unterstützen, wenn ich ein billigeres Land wüsste. Mein Bruder Faisal hatte das Abitur nicht geschafft und wollte in der Türkei studieren, da man dort auch ohne Abitur studieren konnte. Mein Vater machte mir den Vorschlag, mit Faisal nach Istanbul zu fahren und dort zu studieren. Ich bekam sofort einen Studienplatz im Fachbereich Medizin zugeteilt. Ich wechselte plötzlich meinen Wunsch und wollte Literatur studieren. Ich konnte nie verstehen, was in mir vorging. Entweder wollte es mein Schicksal so haben oder mein Mut hatte mich im Stich gelassen. Für das Literaturstudium musste ich sogar einen Test ablegen. Das Leben in der Türkei war sehr schön und die Kosten waren mit Deutschland nicht zu vergleichen. Als Student kam ich mit 200 Mark im Monat aus. Zu dieser Zeit waren dies rund 50 amerikanische Dollars. Ich hielt mich zum Teil in Hotels auf. Eine Übernachtung in einem durchschnittlichen Hotel kostete nur zwei türkische Lira. Ich besuchte türkische Bäder für die Hygiene und für den Spaß. Zum Teil wohnte ich bei Familien und erlebte viele Geschichten.

In meiner Studienzeit lernte ich Studenten aus Deutschland kennen, die sich auf orientalische Sprachen und Kulturen spezialisieren wollten. Sie waren sehr sympathisch. Einer von ihnen lud mich sogar nach Heidelberg ein. Ich hatte hohe Achtung vor ihnen und glaubte, dass das deutsche Volk nur aus Halbgöttern bestand. Ich gewann den besten Eindruck von Ihnen. Auf meiner letzten Reise zwischen Syrien und Istanbul traf ich auch jordanische Männer, die in Stuttgart arbeiteten. Sie waren von Deutschland sehr begeistert. Sie lobten alles, was deutsch war, obwohl sie kaum die Sprache beherrschten. Einer machte mir den Vorschlag, in den Semesterferien nach Stuttgart zu reisen und das Volk und sein System kennen zu lernen. Ich entschloss mich, für sechs Wochen nach Deutschland zu fahren.

Ohne Vorbereitungen und ohne ein Visum stieg ich in den Zug, der über 50 Stunden fuhr. Ich hatte genug Geld, um einen Monat in Deutschland zu verbringen, wenn die einladenden Kameraden mir die Übernachtungen ermöglichten. Ich nahm meine Kleider und Bücher mit, damit ich währenddessen keine Miete in Istanbul bezahlen musste. Im Zug lernte ich einen Deutschen kennen, der 16 Sprachen beherrschte und einen Pakistaner, der acht Sprachen sprach. Letzteren traf ich später mehrere Male in Stuttgart. Er schenkte mir zwei kleine Taschenlexika, die mir sehr halfen. Schon an der bayrischen Grenze fingen die Probleme an und die zwei Gelehrten verschwanden und ließen mich im Stich. Es erschienen zwei Zollbeamte und wollten meinen Reisepass haben. Es dauerte nicht sehr lange und beide versuchten, mir zu erklären, dass ich ohne Visum nicht weiter reisen durfte. Sie sprachen nur Deutsch und ich konnte mit meinen verschieden Sprachen nichts erreichen. Sie ließen einen Dolmetscher kommen. Er war Armenier und sprach mehrere Sprachen. Mit ihm konnte ich mich leicht verständigen und er war höflich. Beide Beamte wiederholten das Wort „nein" und das war das erste was ich lernte. Sie stellten mir viele Fragen und der Dolmetscher übersetzte meine Antworten. Sie fragten, ob in meinen Koffern schmutzige Wäsche wäre. Das traf mich und verletzte meinen Stolz. Ich wollte am liebsten sofort zurückkehren. Ich holte meine Koffer herunter und öffnete beide. Auch meine Unterwäsche war einzeln gebügelt und gefaltet. Nun lächelten beide und sagten im Duo „gut". Aber sie ließen mich nicht in Ruhe, bis ich einen Brief aus meiner Tasche holte. Es war die Einladung nach Heidelberg! Das nächste Wort war „ja" und ich durfte weiter.

Die ersten fünf Tage saß ich täglich fast acht Stunden am Schlossplatz und studierte meine Sprachbücher. Danach konnte ich in den Kaufhäusern leicht einkaufen. Da ich mein Geld sehr schnell ausgab, musste ich mir über das Arbeitsamt eine Arbeit suchen. In einer Zinkerei hielt ich es zwei Wochen lang durch. Wegen der Schichtarbeit bekam ich zwei Mark und fünfzig in der Stunde. Ich kannte solche gefährliche Arbeit vorher nicht. Mit meinem neuen Anzug durfte ich feilen und Rost bürsten, abgesehen vom Tragen schwerer Sachen. Mein Anzug hielt die heißen Spritzer des flüssigen Zinks nicht lange aus. Als der Meister die vielen

Löcher in meinem Anzug bemerkte, verkaufte mir die Firma Arbeitskleider! Ich wäre länger dort geblieben, wenn der Vorarbeiter mich nicht misshandelt hätte. Die schweren Teile trugen wir zu zweit. Als mein Kollege mich bat, abzusetzen, um eine Zigarette anzuzünden, kam der Vorarbeiter angerannt, schüttelte mich kräftig von hinten und schrie, ich sollte arbeiten. Die Arbeiter waren ohne Ausnahme Ausländer. Ein Jordanier, der mich von Amman kannte, beobachtete diesen Vorfall. Er schoss wie der Blitz herbei, packte den Vorarbeiter von vorne und fragte ihn, ob er wüsste mit wem er zu tun hätte. Er erzählte laut, dass ich als Lehrer in Amman tätig war und dass ich mehrere Sprachen fließend sprach. Der Vorarbeiter war echt schockiert und umarmte mich mehrere Male und entschuldigte sich für seinen Fehler. Selbst ein störrischer Esel wurde nicht derart behandelt. Der alte Freund war erstaunt, dass ich mit meinen Qualifikationen in einem solchen Betrieb arbeitete. Der Vorarbeiter erschien wieder und schlug mir weinend vor, eine Büroarbeit zu suchen.

Als die Sommerferien vorbei waren, war ich wie ausgewechselt. Ich hatte kein Geld für die Rückreise und sah keinen Sinn mehr im Studieren. Mein Ausflug während der Semesterferien dauert nun schon 46 Jahre an!

Hotel Salem

Ich war ohne Plan und ohne Vorbereitung in Deutschland eingereist. Auf jeden Fall wollte ich die Sommerferien nicht in Jordanien verbringen. Ich durfte zwei Nächte bei dem Kameraden schlafen, den ich Monate zuvor in Damaskus kennen gelernt hatte. Am dritten Tag zeigte er mir eine billige Unterkunft im Süden Stuttgarts. Die Übernachtung kostete zwei Mark und die Baracke hieß „Hotel Salem". Ich bezahlte für eine Woche im Voraus und durfte meine Koffer unters Bett schieben. In einer von drei Hallen durfte ich schlafen. In jedem Raum standen zwanzig Etagenbetten. Man musste unbeleuchtete Toiletten im Hof benutzen und durfte die Hände über einer Rinne waschen. Ich nahm meine

Bücher mit in den Park und studierte sie dort gründlich. Nach Feierabend kam mein Kamerad zum Tchibo Cafe und trank eine Tasse Kaffee mit mir. Als wir uns kennen gelernt hatten, schwärmte er von seinem paradiesischen Leben in Deutschland. Jetzt meckerte er die ganze Zeit über seine schwere Arbeit.

Ich aß dreimal am Tag in der Kaufhalle und übte mein gelerntes Deutsch. Erst in der vierten Nacht war ich sehr unglücklich und wachte durch Radau im Raum auf. Ich merkte, dass man die großen Tische zum Schlafen zusammengerückt hatte. Eine Gruppe palästinensischer Flüchtlinge war nachts angekommen und wollte in Deutschland Arbeit suchen. Am Morgen beklagte ich mich bei dem Aufpasser und erwähnte, dass wir zu Dreißig im Raum geschlafen hatten. Ich war unerfahren und glaubte, ein Recht auf Meinungsäußerung zu haben. Als ich am Abend zurückging, empfing mich der deutsche Boss und beschimpfte mich. Er hatte meine Koffer vor die Tür gestellt und wirkte sehr aufgeregt. Da ich nicht alles verstand, holte ich einen Araber zum Dolmetschen. Ich sollte mir ein anderes Hotel suchen und mit meinen Koffern verschwinden. Es beeindruckte ihn nicht, dass ich für den Rest der Woche bezahlt hatte. Er ließ nicht mit sich verhandeln. Das einzige was er wiederholte war, dass ich die Lage im Hotel kritisiert hätte. Ich wollte es nicht akzeptieren und verlangte mein Geld zurück. Er zeigte mit seinem Zeigefinger immer wieder Richtung Ausgang. Ich bat den Dolmetscher, mit mir zur Polizei zu gehen. Eine Polizeistreife fuhr mit uns zu der Stelle und sprach mit dem Verantwortlichen. Er sagte immer wieder „nein" und wurde ärgerlich. Die Polizisten schienen machtlos zu sein und boten mir an, mich mit meinen Koffern zu einer anderen Pension zu fahren. Ich bekam mein Geld nicht zurück und übernachtete in einer kleinen Pension. Die jungen Polizisten wollten sich über den Fall nicht äußern. Sie erwähnten nur, dass der Besitzer „Salem" seine Rechte ausübte. Sie wollten nichts Näheres erklären, als mein Dolmetscher fragen wollte, ob Salem kein Arier wäre.

Du hast wohl einen Vogel

Die ersten Monate in Stuttgart verbrachte ich meine freie Zeit in der Stadtmitte. Ich traf mich mit Kameraden und Kollegen bei Tchibo, da eine Tasse Kaffe nur zehn Pfennige kostete. Man trank Kaffee im Stehen und unterhielt sich über alles. Nach Feierabend war man sehr müde, besonders wenn man als Arbeiter eingestellt war. Noch im ersten Jahr in Deutschland fing ich an, über einen Führerschein nachzudenken. Trotzdem kaufte ich mir ein Jahresabonnement für die Straßenbahnen und fuhr am Wochenende in alle Richtungen, um die Stadt kennen zu lernen. Da ich meine Einkäufe sehr oft in der Kaufhalle tätigte, sprach mich eine nette Verkäuferin an und zeigte mir ihre Zuneigung. Obwohl ich noch nicht so gut in Deutsch war, fragte ich sie um eine Verabredung. Sie tat so, als ob sie auf diese Gelegenheit gewartet hätte. Nach ihrem Feierabend am Samstag fuhren wir zu mir nach Hause. Dies war nicht direkt mein Vorschlag. Es ging zu schnell für meine Verhältnisse. Ich musste meine Hauswirtin belügen und erzählte ihr, dass die Frau vom Fernsehfachgeschäft nach meinem Fernseher schauen wollte. Die Vermieterin war trotzdem entsetzt und meinte, dass die ganze Familie weg wollte und sie mich nicht gerne mit einer Freundin alleine ließe! Ich schaltete den Fernseher ein, zeigte meiner Begleiterin meine Briefmarkensammlung und anschließend mein Fotoalbum. Sie war ungeduldig, nahm sich ein Foto von mir und zog ihre Jacke aus. Ich konnte ihr keine Getränke anbieten und glaubte, dass wir uns anfreunden könnten. Dass ich mit Frauen keine Erfahrung hatte, erwähnte ich sehr oft in meinen Geschichten. Als sie anfing, mich zu küssen und mit mir zu kuscheln, war ich überrascht und wurde ängstlich. Nachdem sie weiter machen wollte, meldete sich mein alter Charakter und warnte mich, es langsam anzugehen. Sie war nicht begeistert, als ich vorschlug, wieder in die Stadt zu fahren. Ich hatte es nicht sehr ernst genommen, dass sie mehr Erwartungen hatte. Für mich war das fürs Erste in Ordnung.

Am folgenden Montag wollte ich sie nach Feierabend abholden. Sie lief an meiner Seite, aber mit Abstand. Ich wollte von ihr wissen, was wir unternehmen könnten. Sie meinte, es sei zwischen uns aus. Ich verstand den Ausdruck nicht und wiederholte meine Frage. Es schien, dass sie enttäuscht war und versuchte, von mir weg zu kommen. Als ich ihre Absicht verstand, wollte ich trotzdem wissen, warum sie plötzlich Antipathie zeigt. Am Schluss wiederholte sie, dass ich einen Vogel hätte. Ich verstand die Welt nicht mehr und suchte nach der Bedeutung ihres Satzes. Ich trug eine Zeit lang kleine Lexika mit mir herum und suchte nach dem Wort „Vogel". Zur Erklärung fand ich im Englischen zwei Antworten. Die eine war ein Flugvogel und die andere hieß ein Gewehr. Ich war in meinem Deutsch am Ende und ging nach Hause. Es dauerte sehr lange, bis ich auf die richtige Bedeutung kam. Meine Emotionen waren nicht verletzt. Mein Problem war, dass ich nicht wusste, wie man mit deutschen Frauen umging.

Toto - Lotto - Spagetti

Mein Kamerad Nazir hielt sich schon in Deutschland auf, als ich einreiste. In Amman hatte ich ihn in der achten Klasse in Mathematik und Englisch unterrichtet. Ich war auch sein Klassenlehrer und kannte seine Noten in allen Fächern. Er lernte sehr schlecht und war der schlechteste in seiner Klasse. Jeden Monat schickte ich einen Brief an seinen Vater, um die Lage zu schildern. Es stand auch darin, dass der Schüler Hilfe und Unterstützung benötigte. Leider rührte sich seine Familie gar nicht, und es schien dem Vater egal zu sein, ob er in der Klasse sitzen blieb oder nicht. Er war bereits zu alt für die Klasse. Die Schule bot ihm die Gelegenheit, auch privaten Unterricht zu bekommen. Er äußerte sich darüber nicht. Ich hatte Mitleid mit ihm, aber konnte ihn nicht zwingen, mitzumachen. Er war ein ruhiger Junge und stritt sich mit keinem. Später erfuhr ich, dass sein Vater reich war. Er wollte anscheinend, dass Nazir bei ihm arbeitete. Wahrscheinlich überredete ihn ein älterer Freund, abzuhauen und mit ihm auszuwandern. Er wollte Automechaniker lernen und ich half ihm, die Schulfächer zu verstehen. Er hatte es schwer, sich zu konzentrieren und bevorzugte es, über andere Themen zu plaudern. Ich tat mein Bestes. Die Fachschule teilte dem Ausbildungsbetrieb mit, dass er die Lehre nicht schaffte. Nach sieben Jahren in Stuttgart war sein Deutsch immer noch sehr schwach. Seine Aufenthaltserlaubnis wurde nicht verlängert, und er ging zurück zu seinem Vater. Ärzte können helfen, dass man gesund wird, aber keiner konnte an seinen grauen Zellen etwas ändern! Wir gingen spazieren, Kaffee trinken oder schwimmen. Sein alter Freund heiratete und hatte keine Zeit mehr. Wir saßen manchmal auf der Treppe am Schlossplatz und beobachteten die Passanten. Ich konnte dadurch viel über Menschen lernen. Er musste im Betrieb viel Bier getrunken haben und war total aufgedreht. Er fing an, unsinnige Laute von sich zu geben und wiederholte Sätze und Wörter, die komisch waren. Ich wusste nicht, warum er wiederholt „Toto, Lotto, Spagetti!" herausposaunte. Nach einer Weile blieb ein Passant stehen und schaute mich wütend an. Dabei war ich sehr ruhig und verstand die bösen Blicke nicht. Er bemerkte wohl nicht, dass es der betrunkene Nazir war, der so laut war. Als der Mann weitergehen wollte, rief mein Kamerad seine Worte erneut. Diesmal rückte der Passant in meine Richtung und griff mich an. Er hielt mein Handgelenk so fest, dass meine Uhr in die Luft flog. Ich verstand die Menschheit nicht und war zu schwach, um mich zu verteidigen. Nazir stand vor den Treppen und lallte weiter. Unter den Arkaden versammelte sich eine Menge Passanten, die zuschauen wollten, wer wen erschlüge. Verzweifelt wollte ich mich mit meiner rechten Hand befreien. Der Mann war viel zu stark, um von ihm los zu kommen. Ich griff in die Innentasche meiner Jacke, und bevor ich die Hand zurückzog, schrie mein Angreifer, dass ich ein Messer besäße und rannte um sein Leben. Schnell stand ich alleine da und sammelte die Teile meiner Uhr ein. Ein Schwabe erklärte mir, dass mein Freund an allen schuld wäre, da man

die italienischen Gastarbeiter mit dem Wort „Spagetti"
kränkte. Also muss der Angreifer ein Italiener gewesen sein.
Nazir musste künftig auf meine Begleitung verzichten, wenn
er betrunken war.

Ein Verdacht beendete die Freundschaft

Da mein erster Job in Stuttgart fehlschlug, gab mir das
Arbeitsamt die Adresse einer weiteren Firma, die Arbeits-
kräfte suchte. Dort verhandelte ich mit einem Meister, der
für die Druckabteilung zuständig war. Ich erzielte einen
höheren Stundenlohn, da er mich in sein Herz schloss. Schon
in der ersten Woche half er mir, ein Zimmer bei einer
Familie zu finden. Es war sehr billig und die Familie war
sehr gut zu mir. Da ich Deutschland nach den Sommerferien
nicht verließ, beklagte ich mich über die Kälte. Die
Vermieter waren anständig und ließen einen neuen Strom-
zähler in meinem kleinen Zimmer montieren, und ich kaufte
mir einen Heizlüfter, der mich etwas wärmte. Nach wenigen
Monaten war ich fast ein Mitglied der Familie, und sie
wollten mich nach Heidelberg schicken, damit ich weiter
studieren könnte. Sie hatten eine sechzehnjährige Tochter,
die bei einer Krankenkasse lernte. Die Mutter backte Kuchen
für mein Wohlbefinden und schickte die Tochter sonntags
mit Frühstück in mein Zimmer. Ich bezahlte vierzig Mark
für das Zimmer und war mir darüber im klaren, dass jede
Vergünstigung unnötig war. Nach sechs Monaten zog ich
aus, da ich kein Interesse für das liebe Mädchen hatte. In den
ersten sieben Jahren in Deutschland mied ich jegliche
Beziehung zu Frauen. Meine alte Erziehung war nicht
angegriffen. Ich lehnte es ab, Mädchen auszuprobieren und
wartete auf die richtige Heirat.
Der Meister kannte die Familie gut und war zugeneigt, mich
als Arbeitskraft und als Freund zu behalten. Ich lernte auch
viel von ihm. Schon am Anfang lud er mich zu sich nach
Hause ein, und ich glaubte, einen guten Freund gefunden zu
haben. Selbst die nächste Familie lernte ich durch ihn
kennen. Er wusste oft kleine Zimmer zu vermieten. Er lebte

mit seiner Frau und schien glücklich zu sein. Er bot mir kein Zimmer in seinem großen Haus an, und dies war in Ordnung. Unsere Bekanntschaft festigte sich, und ich war damit zufrieden. Auch die christlichen Feierlichkeiten verbrachte ich bei ihm. Seine Frau und er scheuten keine Kosten, obwohl ich nicht immer Geschenke mitbrachte. Nachdem ich die Firma verließ, blieb unsere Freundschaft erhalten. Er war ein guter Maler und war bereit, Bilder für mich zu machen. Wenn ich bei ihnen aß, nahmen sie Rücksicht auf mich und kauften kein Schweinefleisch, da sie über meine Religion bescheid wussten. Durch ihn war mein Heimweh nicht so groß, und ich fing an, mich allmählich anzupassen.

Ich besuchte mit jordanischen Kameraden viele Schwimmbäder. An einem heißen Sonntag erblickte ich den guten Meister. Er hatte eine weibliche Begleitung. Sie sonnten sich sehr eng bei einander. Als ich merkte, dass es nicht seine Frau war, entfernte ich mich von der Wiese. Ich wollte nicht stören, und auch nicht meine Neugierde sättigen. Dass er mich musterte, fühlte ich beim Laufen. Seine Frau traf ich nie alleine, und hätte sie auch nicht informiert. Wenige Tage später lud er mich wieder ein. Diesmal war der Empfang sehr komisch. Er begrüßte mich mit einer bösen Mine. Ich war trotzdem der Alte, und hatte nicht vor, zu fragen, was ihn quälte. Er deutete an, dass seine Frau nur Schweinefleisch vorbereitet hätte. Ich wollte ihn beruhigen und sagte, dass ich kein Problem damit hatte und keinen Hunger mitbrächte. Plötzlich fauchte er mich an und brüllte, dass ich kein Freund wäre. Ich weinte bittere Tränen und stand auf um zu gehen. Seine Frau tröstete mich und erzählte, dass die Laune nicht mir galt. Sie erzählte, dass beide Krach miteinander hätten, und dass sie sich scheiden lassen wollten. An der Tür rief ich laut, dass er ein falscher Freund wäre. Ich weinte noch in der Straßenbahn und keiner wusste, warum. Es war das letzte Mal, dass ich diesen Mann sah.

1962 Gewindeschneiden

Handwerk war nicht meine Stärke und auch nicht mein Ziel. Meistens kannte ich meine Ziele und Pläne selbst nicht. Das Handwerk wurde später zu meinem Hobby und brachte mir viel Spaß.

Während meiner Betriebsschlosserlehre durfte ich Meister und Vorarbeiter begleiten, um Kenntnisse zu sammeln. Meistens war es ein Erfolg und eine Freude für mich.

Ein wichtiger Auftrag wurde meiner Abteilung zugeteilt. Jeder in der Abteilung trug Werkzeuge und ich folgte brav, wohin der Vorarbeiter mich befahl. Wir fuhren zusammen zu einer Baustelle, auf der ein großer Kran stand. Ich hatte keine Ahnung, worin der Auftrag bestand. Wir gingen auf einen Steg hoch und besichtigten die Anlage. Nach langem Zögern fragte ich einen Facharbeiter nach unserem Auftrag und erfuhr, dass der Motor des Krans zu überholen war. Der Motorraum war sehr groß. Die Arbeitsfläche befand sich in über 25 Metern Höhe. Die ganze Gegend war voll mit Kohlepulver. Vor dem Mittagessen fiel die Entscheidung für die totale Überholung der Drehmotoren, und der Meister schrieb auf, welche Teile benötigt würden.

Im Betrieb suchten wir alle die Teile für den nächsten Tag zusammen. Am nächsten Morgen erschien ein schwedischer Spezialist, der uns zur Hand gehen sollte. Wir fuhren zusammen zu der Baustelle. Als Erstes prüfte der Techniker die Ersatzteile, und danach holte ich Frühstück für alle. In der Nähe der Baustelle konnte man Getränke und Essen kaufen. Die Zeit ging schnell vorbei, bevor wir mit der Arbeit begannen. Ich war die billigste Arbeitskraft und der schwedische Techniker die teuerste. Thomas, der Spezialist, gab die Anweisungen an alle. Er sprach perfekt Deutsch und war mir sehr sympathisch.

Nachdem ich den Maschinenraum aufgeräumt und gereinigt hatte, wurde mir ernstzunehmende Arbeit angeboten. Ich sollte Gewinde nachschneiden und bekam den passenden Gewindebohrer mit einem großen Halter. Ich freute mich auf die technische Aufgabe und fing an, zu wirken. Natürlich war mir klar, dass etwas Schmieröl zu verwenden war. Die Motorbefestigung wurde mit großen Schrauben versehen. Das Gewinde musste zu diesem Zweck mit einem 16mm Gewindebohrer nachbearbeitet werden. Die Löcher wurden anschließend abgesaugt, damit kein Schmutz mehr darin blieb. Ich arbeitete genau nach Anweisung und wurde gelobt. Jede Stunde überprüfte der Spezialist die Arbeit und gab seine Kommentare. Ich hatte viele Löcher zu bearbeiten. Ich musste schrittweise nach rechts drehen und dann den Halter zurückdrehen, damit Dreck und Späne den Gewindeschneider nicht verkeilten oder dieser heiß wurde. Ich tat dies auch erfolgreich, bis ich am siebenten Loch war. Der Gewindebohrer brach. Er steckte zur Hälfte im Loch und die Bruchstelle war so plan, dass man das gebrochene Teil nicht greifen und herausdrehen konnte. Ich schrie laut und im Nu waren alle versammelt. Erst lachten sie und wurden dann ärgerlich, als sie das Teil nicht herausholen konnten. Jeder teilte Vorschläge aus und versuchte es selbst, bis Thomas wütete und meinte, dass ein Gewindeschneider in dieser Größe nicht brechen dürfe. Ich versicherte ihm, dass ich alle Löcher nach seiner Anweisung bearbeitet hatte. Alle waren sauer und wussten nicht, wie es weitergehen sollte. Selbst die beste Bohrmaschine mit dem besten Bohrer hätte den abgebrochenen Gewindeschneider aus gehärtetem Stahl nicht bohren können. Wir waren alle ratlos. Thomas beruhigte mich und schlug eine Pause vor. Ich zitterte innerlich, war verschämt und konnte keine Pause machen. Ich goss viel Schmieröl in das Loch und versuchte, alle Werkzeuge einzusetzen. Ich war sehr verzweifelt und hatte große Angst, dass sie mich vor Abschluss meiner Ausbildung hinaus würfen. Als sie von der Pause zurückkamen, sah ich, dass sie Böses dachten und Thomas meinte, dass die Arbeit für den Tag beendet wäre. Ich stocherte trotzdem weiter und sagte ihnen, dass ich den Platz nicht verließe, bevor das verdammte Teil draußen wäre. Sie fühlten mein Unglück und meinten, am nächsten Tag schauten sie weiter. Mein letzter Versuch bewegte das Teil etwas zurück und ich machte ruhig weiter, bis es draußen war. Ich nahm das böse Teil mit und eilte herunter. Sie waren noch am Diskutieren und Beraten. Ich lächelte sie an und zeigte ihnen das defekte Teil. Sie kamen aus dem Staunen nicht mehr heraus. Ich konnte ihnen nicht erklären, wie mein Glück zugeschlagen hatte. Am nächsten Tag machte ich weiter, und sie waren sehr freundlich zu mir.

Falsche Schlange

Durch einen Club in Stuttgart lernte ich verschiedene arabische Studenten kennen. Da ich die Stadt kennen lernen wollte, kaufte ich eine Studenten-Jahreskarte für die Straßenbahnen. Man konnte alle Wunschziele anfahren, so oft man wollte. Das war auch der Grund, warum ich die Kameraden besuchen ging. Der Club war ein Sammeltopf aller Nationen und Schichten. Man konnte sich mit dem Einen oder mit dem Anderen anfreunden. Ich verabredete mich mit ein paar Studenten, die im Studentenheim wohnten. Während wir dort saßen, kam einer von ihnen aus der Küche hinaus und trug etwas, das wie eine Schlange aussah. Es war eigenartig, dass er damit herumspielte. Mir war nicht klar, was er wirklich in der Hand hatte. Denn in den arabischen Ländern erlebte man so etwas nicht. Es hatte meine Neugier geweckt und ich dachte, es wäre aus Plastik gemacht. In der Faschingszeit gab es Scherzartikel, die täuschend echt aussahen. Ich konnte mich nicht bremsen und bat den Freund, mir sein Spielzeug kurz zu leihen. Er tat dies auch. Kaum hielt ich das Ding in der Hand, bemerkte ich eine Bewegung und glaubte an einen Trick. Als er mich bat, seine Schlange vorsichtig zu halten, war ich so erschrocken, dass ich das Lebewesen auf den Boden warf. Durch Neugier lernt man vieles, aber auf so etwas wollte ich verzichten. Zum Glück blieb er ruhig und schimpfte nicht. Ich war so durcheinander, dass ich mich schnell auf den Heimweg machte.
Einer der Kameraden begleitete mich in die Stadt, weil ich ein Feuerzeug kaufen wollte. Der Ladenhüter bot uns gute

Feuerzeuge an, und ich kaufte ein Ronson. Der Verkäufer füllte es mit Gas und testete es. Es gab keine Einwegfeuerzeuge. Mein Begleiter wunderte sich, dass ich so viel Geld ausgab und schaute sich das Objekt genauer an. Ich steckte das Feuerzeug in meine Tasche, und wir liefen ein Stück zusammen. Irgendwann bot er mir eine Zigarette an und bat mich um Feuer. Er wollte das Ding einweihen. Leider prüfte ich den Flammenstand nicht und übersah, dass Samir in seiner Neugier das Rad verdreht hatte. Ich hielt das Feuerzeug vor sein Gesicht und wollte seine im Mund steckende Zigarette anzünden. Die Flamme war so groß, dass sein Schnurbart, Augenlider und Pony Feuer fingen. Gott sei Dank hatte er die Augen geschlossen. Wir beide hatten einen Schreck erlitten und trösteten uns gegenseitig.

Die Plätze sind nicht frei

Das Arbeitsamt in Stuttgart schickte mich zu einer Firma, die Elektrogeräte in Akkordarbeit zusammenbaute. Die Personalabteilung nahm meine Steuerkarte an und ließ einen Vorarbeiter kommen, der mir meine Tätigkeit erklärte. Er stellte mich den anderen Arbeitern im Vorbeigehen vor und zeigte mir meinen Arbeitsplatz. Ich durfte gleich mit der Arbeit beginnen. Die technische Arbeit machte mir Freude, und ich komplettierte eifrig die Elektrik.
Am nächsten Tag zeigte man mir die Kantine. Alles schien in bester Ordnung zu sein. Ich aß in der Kantine und arbeitete nach der Mittagspause weiter. Die erste Woche war ich sehr konzentriert und arbeitete schnell. Der Vorarbeiter war bemüht, die Abteilung im guten Licht zu halten. Niemand wurde krank, und keiner hatte Zeit für eine Unterhaltung.
Erst in der zweiten Woche war ich arbeitsmäßig sehr fit und wollte langsam die Abteilung und die Firma kennen lernen. Gelegentlich wechselte ich einige Sätze mit den Kollegen, die in der Nähe arbeiteten. Leider sah der Vorarbeiter, dass wir uns unterhielten und bat uns, dies zu unterlassen. Es störte mich sehr, nur zu wirken, ohne ein Wort zu reden. Es

gab keine Geräusche außer Naseziehen oder Niesen. Die Arbeitsgeräusche waren langweilig. Ich fühlte mich eingeengt. Ich hätte mich auf alles konzentrieren können, und dazu wollte ich mich wie ein Mensch fühlen. Ich erledigte alle Arbeiten schneller als vorgegeben und erwartete kein Lob. Die ganze Abteilung war wie ein Automat. Ich suchte keinen Kündigungsgrund, obwohl mir diese Atmosphäre missfiel. Die Bezahlung war nicht schlecht. Als ich in der Kantine mein Essen tragend einen Platz suchte, machte ich eine schlechte Erfahrung. Ich kam an einen Tisch, an dem viele leere Plätze waren. Ich grüßte die Kollegen und fragte sie höflich, ob ich mich zu ihnen setzen könnte. Mehrere Stimmen antworteten gleichzeitig, dass die Plätze nicht frei wären. Ich suchte einen leeren Tisch und beruhigte meine Seele. Doch die angeblich belegten Plätze blieben bis zum Ende der Mittagspause leer. Am folgendem Tag passierte das Gleiche wieder, und keiner wollte mich aufklären. Ich schaute mich um und merkte, dass an dem Tisch nur Deutsche saßen und die Ausländer extra Tische hatten. Ich war wütend und wollte es genau wissen. Am dritten Tag fragte ich die selben Leute höflich, warum sie mich ablehnten, obwohl die Stühle immer frei blieben. Einer antwortete grob, dass ich zu meinen Landsleuten gehen sollte. Am Freitag ging ich zur Kantine und wollte die Lage klären. Ich ging zum gleichen Tisch wie am Tag zuvor und setzte mich auf einen der leeren Stühle. Alle schauten mich böse an und meinten, dass die Ausländer extra sitzen sollten. Ich sprach sie höflich aber energisch an, und erklärte ihnen, dass es böses Blut gibt, wenn sie sich von den Ausländern distanzieren wollten. Ich fügte hinzu, dass die Ausländer mitarbeiteten und sich nicht anpassen könnten, wenn man sie so behandelte. Das Blut kochte in meinen Adern und mein Stolz ließ mich nicht nachgeben. Ich schaute in ihre wütende Gesichter, ließ das Essen stehen, bedankte mich für ihren Zusammenhalt und kehrte in die Abteilung zurück. Der Vorarbeiter spürte meine Wut und blieb ruhig. Der Betriebsleiter ging freitags durch alle Abteilungen und wünschte den

Leuten ein schönes Wochenende. Ich stoppte ihn höflich und erkundigte mich nach seiner Meinung zu dem Thema. Er meinte, dass er die Leute nicht beeinflussen könnte und wollte weiterlaufen. Ich bat ihn höflich, meine Papiere in der Personalabteilung vor Feierabend bereithalten zu lassen. Ich erklärte ihm, dass ich lieber hungerte, als in solcher Gesellschaft zu arbeiten. Zum Schluss war ich nicht mehr leise. Die zwei Wochen In dieser Firma waren für die Katz.

Sesam öffne dich

Ich bewarb mich bei den amerikanischen Streitkräften in Stuttgart und wurde als Buchhalter eingestellt. Bei meiner Vorstellung präsentierte ich einem Major verschiedene Zeugnisse. Er las meinen Lebenslauf und fragte mich, ob ich als Lehrer eintreten wollte. Es existierten Schulen in den Kasernen und wurden unter dem amerikanischen Schulsystem geführt. Ich bedankte mich für sein Vertrauen und äußerte den Wunsch, als Büroangestellter zu arbeiten. Mit Begeisterung unterschrieb er meinen Vertrag und bat mich, die Buchhaltungsabteilung aufzusuchen. Am gleichen Tag durfte ich anfangen. Ich musste nicht lange eingearbeitet werden. Mein Boss stammte aus Norwegen und brachte sein ganzes Leben in Deutschland zu. Er fand mich sympathisch und lud mich oft zu sich nach Hause ein. In der Abteilung gab es bereits sieben Mitarbeiter aus verschiedenen Nationen. Es wurde wenig Deutsch gesprochen, obwohl zwei Kollegen der englischen Sprache nicht mächtig waren. Ich war der Jüngste in der Mannschaft. Nur eine Frau gehörte zur Buchhaltung. Sie hatte Germanistik studiert und hatte etwas Schwierigkeiten mit Zahlen. Die männlichen Kollegen machten sich über sie lustig, wenn sie nicht am Platz war. Da ich ihnen widersprach, empfing ich ihre giftigen Blicke. Die Herren hielten zusammen.
Jeder besaß eine große Rechenmaschine und die Arbeit war aufgeteilt. Der Raum war groß und an zwei Wänden standen Schränke für die ganze Buchhaltung. Die Schubladen waren voll mit Hängemappen, die alphabetisch sortiert waren. Im

ganzen Gebäude kümmerte man sich um die zentralen Finanzen der siebten Armee in der Bundesrepublik. Auf der selben Etage war Herr Schiller der oberste Chef. Er erzeugte Stress, wenn er Rückfragen hatte. Mein Boss musste deswegen oft rennen und zu Diensten des Chefs eilen. Ich war freundlich und half, wo ich konnte. Ich machte mich bei manchen Kollegen unbeliebt, weil ich alles fehlerfrei und schnell ohne Maschine rechnete. Die Arbeit bereitete mir Spaß und wurde bestens erledigt. Mein Fehler war, dass ich mich wie in der Schule fühlte. In wenigen Wochen wusste ich über Alles bescheid und konnte blitzschnell sämtliche Akten und Ordner lokalisieren. Ich trieb es noch weiter und führte mein technisches Geschick vor. Wenn eine Tür oder Schublade klemmte, behob ich den Fehler. Es gab eine Hausverwaltung, die auch für die Technik zuständig war. Wenn der Chef eine Information benötigte, war es sehr peinlich, wenn ausgerechnet die entsprechende Schublade defekt war. Es dauerte manchmal lange, bis ein Techniker zur Stelle war. Es spielte für die Kollegen keine Rolle, wenn ich wie ein Retter in der Not half. Die Katastrophe wurde noch schlimmer, wenn ich bei Reklamationen flott wirkte. Das erste Vierteljahr wurde ich gehasst. Ich war mir im Klaren, dass ich selbst schuld daran war. Ich zeigte trotzdem mein Können und Verstehen. Wenn die Kollegen ein Problem hatten, leistete ich unaufgefordert Hilfe, was sie reizte. Ein Kollege war so mit Wut geladen, dass er ironisch meinte, ich könnte die Lottozahlen voraussagen. Ich nahm das als Kompliment und verschlimmerte die Beziehung. Ich forderte ihn am Freitag auf, die sechs Zahlen zu spielen, die ich ihm diktierte. Er notierte die Zahlen auf einem Zettel und legte ihn in seine Schublade. Jeder hatte eine abschließbare Schublade unter dem Tisch. Am Montag erkundigte ich mich bei ihm, ob er gewonnen hätte. Er sagte wieder ironisch und klang verbittert, dass er von mir nichts hielt. Er hatte doch nicht gespielt und der Boss wollte die Atmosphäre verbessern, indem er den Zettel vom Freitag mit der Zeitung verglich. Die Zahlen waren tatsächlich richtig. Der Kommentar des Kollegen war, dass ich den Zettel in seiner

Schublade ausgetauscht hätte. Das war für mich eine Wende im Benehmen und ich kapierte endlich, dass sie mich nicht mochten. Ich war sehr verletzt und hielt mich zurück. Als die Gewinnquoten am Dienstag erschienen, wurden die Gesichter der Meisten freundlicher. In der Woche wären es damals 100 Tausend Mark. Langsam hörten sie auf, mit mir Wetten abzuschließen und ich gewann langsam ihr Vertrauen. Das Blatt wendete sich komplett. Meine Pluspunkte vermehrten sich, nachdem die Wirtschaftsprüfer eine Differenz in der Bilanz feststellten. Nach zwei Wochen harter Arbeit wollten sie die Suche aufgeben und einen negativen Bericht liefern. Jedoch dachte mein Boss laut über das Problem nach, und ich schickte meine grauen Zellen in die mathematischen Möglichkeiten, die eine Differenz von zehntausend Dollar verursachten. Ich fragte meinen Boss um Erlaubnis, einige Akten zu revidieren. Er war mir gegenüber nicht mehr negativ eingestellt und begrüßte meine Bitte. Kurz nachdem die Kollegen zum Mittagessen gingen, händigte ich ihm eine Akte aus und erklärte ihm, wie das Problem entstanden war. Er konnte nicht fassen, dass eine Berechnung um den Betrag fehlte. Ich wollte keinen Kollegen tadeln, leider hatte jemand den fehlenden Betrag nicht berücksichtigt. Die Kostenstelle hatte es bemerkt aber die Buchhaltung nicht informiert. Im Buchungsjournal erschien die Summe auf der einen Seite. Der Boss schnappte sich diese Akte aus meiner Hand und rannte zu den Prüfern im zweiten Stockwerk. Die drei Kontrolleure kamen erfreut die Treppen herabgestolpert. Die eine Prüferin umarmte mich mit einem dicken Kuss, der meiner Seele neue Arbeitskraft schenkte. Am selben Abend war ich zu Gast bei meinem Boss. In der selben Woche erschien der amerikanische Zivilchef, gratulierte mir und gab mir eine schriftliche Belobigung. Nach zwei Jahren wollte ich ein technisches Studium anfangen und musste dazu ein Praktikum absolvieren. Deswegen wollte ich mich von meiner Abteilung verabschieden. Der Chef erschien wieder und bot mir mehr Lohn und eine höhere Position an. Ich lehnte dankend ab, da ich bereits eine Praktikantenstelle bei den Technischen Werke der Stadt Stuttgart bekommen hatte.

1963 Die Frau mit dem roten Mantel

Das Tchibo Stehcafe in der Stuttgarter Kaiserstraße war ein Treffpunkt für Kameraden und für Verliebte, besonders nach Feierabend. Es war der erste Laden, in dem ich meine Bekannten und Kameraden traf. Eine Tasse Kaffee kostete 20 Pfennige, und in dem Raum durfte man rauchen. Ich traf mich jeden Tag mit meinen Kameraden aus Jordanien. Einer von ihnen war mit einer Verkäuferin befreundet. Wir unterhielten uns zum Teil auf Deutsch und lernten dadurch Leute kennen. Der Besitzer stellte nur junge Frauen ein und gab ihnen die Möglichkeit, zu Filialen in anderen Städten zu wechseln. Nur im Urlaub verzichtete ich auf den Kaffee-Ausschank. Für meine Kameraden und für mich wurde es eine unerlässliche Gewohnheit. Man konnte neue Bekanntschaften gewinnen, und alle hatten Freude. Es gab lustige und traurige Ereignisse, und es war nie langweilig, wieder den Kaffee zu genießen.

Die Verkäuferinnen machten ihre Pausen im hinteren Teil des Ladens. Während der Arbeit unterhielten sie sich nur knapp. Durch die Freundin meines Kameraden erfuhren wir allerlei über das Personal. Abed verliebte sich in eine Verkäuferin und heiratete sie.

Ich hatte meinen Kaffee noch nicht fertig, als eine Verkäuferin zu meinem Tisch kam und sich leise vorstellte. Es dauerte nicht lange, da kam sie mit einer Tasse Kaffee, die sie mir hinstellte und laut posaunte, dass sie extra für den Hausfreund sei. Meine Überraschung war größer als meine Zunge und sie hörte kaum meinen Dank. Meine Kameraden waren hinzugekommen, und sie kam zum dritten Mal und erklärte mir, dass wir uns nach ihrem Feierabend in einem bestimmten Lokal träfen. Sie ging hinter die Theke, bevor ich mich äußern konnte. Meine Kameraden waren auch überrascht, glaubten jedoch, dass wir uns bereits kannten.

Meine Kameraden zeigten sich erfreut und verabschiedeten sich von mir. Da ich solche Verabredungen noch nicht kannte, wartete ich wenige Meter vom Geschäft entfernt auf die Frau. Sie kam schnell heraus, nahm meinen Arm und erzählte mir im Eiltempo, dass sie sich für mich entschieden hätte. Ich schätzte sie zehn Jahre älter als ich selbst war und fand sie sehr sympathisch. Es war bitter kalt im November und sie trug einen roten Mantel. Es wunderte mich, dass alle Männer sich nach ihr umdrehten. Mit großen Schritten erreichten wir den Musikkeller und gingen hinein. Es spielte eine Damenkappelle und die Atmosphäre gefiel mir sehr. Der Abend lief gut und wir verabredeten uns für den nächsten Tag. Dank meiner Naivität konnte ich sie nicht richtig einladen. Am nächsten Abend verbrachten wir wenige Stunden zusammen. Es ging kein Mann an uns vorbei, ohne sich nach ihr umzudrehen. Je häufiger wir uns trafen, desto mehr empfand Ich gemischte Gefühle. Deshalb begnügte ich mich mit freundschaftlichen Küssen. Sie wunderte sich, dass ich wochenlang nicht intimer wurde. Ich muss gestehen, dass ich noch unerfahren war und an die heile Welt glaubte. Dass wir unterwegs fotografiert wurden, störte mich nicht. Wir saßen in der Parkanlage und wurden dort auch geknipst. Dies störte mich dann doch, und ich musste die schöne Frau ausfragen. Sie glaubte, ihr Mann hätte vielleicht einen Detektiv hinter ihr hergeschickt. Ich war erschrocken und wollte genau wissen, um was es bei uns ging. Ich sagte ihr laut und deutlich, dass ich keine verheiratete Frau verführen wollte. Sie versuchte, mich zu beruhigen und erzählte, dass sie in Scheidung lebte. Unsere Freundschaft war bereits gefestigt und ich zeigte Verständnis. Ihr Problem war, dass ihr Mann die Scheidung nicht wollte. Er ließ sie beschatten, um Beweise für einen Ehebruch zu sammeln. Er hatte Pech, dass wir überall wie gute Bekannte auftraten. Er musste akzeptieren, dass sein Rechtsanwalt keine Spuren eines Vergehens der Frau finden konnte und ihm empfahl, im Guten auseinander zu gehen. Im letzten Augenblick erklärte ich ihr, dass ich zurück in die Heimat gehen wollte. Sie wurde trotzdem geschieden und suchte weiter nach ihrem Traumprinzen.

1965 Rosenmontag in Konstanz

In den arabischen Ländern feierte man keinen Fasching und tanzte nicht an Karneval. Die Männer hatten Sitten und Gebräuche, an denen die Frauen nicht teilnahmen. In der freien Zeit saßen die Männer lieber im Cafe, tranken Tee und spielten Backgammon oder Karten. Die meisten Frauen hatten keine Pausen, da sie sich um die Familie kümmerten. Wenn sie andere Frauen kannten, besuchten sie sich gelegentlich. Man kannte den Bauchtanz bereits lange, aber dies diente der Lust der Männer. Die meisten Familien waren entweder religiös oder streng gesittet. Die Religion war nicht schuld daran, dass die Frau nur eine untergeordnete Rolle spielte. Sicherlich bestätigten alle Menschengeschichten, dass erst der Mann da war und die Frau danach kam. Seit der Mensch existierte, glaubten die Männer, Adam und vor allem Eva wären schuld, dass man aus dem Paradies vertrieben worden wäre. Männer waren von der Natur stärker gebaut und sahen immer gefährlich aus. Frauen dagegen galten als das schwache Geschlecht. Selten wollte eine Frau den Krieg. Am Anfang wollten sich die Menschen vermehren, und der Mann war die führende Kraft. Abgesehen von Wissen und Können schien der Mann mit seinen Muskeln bestimmend. Hätte die Frau um ihre Rechte und Wünsche gegen den Mann gekämpft, wäre die Geschichte sicher anders verlaufen.

Statt weiter zu philosophieren will ich eine lustige kleine Geschichte erzählen, die sich während der Faschingszeit ereignete. Als Student ging ich mit verschiedenen Kameraden in Straßenzüge oder in Faschingsveranstaltungen. Kaum war ich weit von Zuhause, lernte ich sogar das Tanzen und Feiern bis in den Morgen. Es könnte schlecht enden, wenn man sich frei fühlt. Auch starke Charaktere können schlechtem Einfluss erliegen. Am Rosenmontag spielte ich den Scheich und begleitete meine Kameraden, um großen

Spaß zu erleben. In Konstanz zogen wir von einem Lokal zum anderen und blieben kaum sitzen. Wir waren nicht angetrunken aber unterhaltsam und lustig. Zwei Mädchen, die in unserer Begleitung waren, liefen immer auf den Bürgersteigen. Bald roch es nach gegrillten Hühnern und das Wienerwald Restaurant war direkt vor uns. Ein paar Narren saßen draußen in der Kälte und aßen Hähnchen. Plötzlich blieben die zwei Frauen stehen und beobachteten die bärtigen Männer beim Schlingen. Obwohl wir zu Abend gegessen hatten, gingen die Mädchen noch näher zu den Männern und bettelten um etwas Hühnerfleisch. Die Männer aßen wie die ersten Menschen und schmatzten laut. Ich hätte absolut nichts aus deren Händen essen wollen. Das eine Mädchen fragte den einen Mann, ob sie einen Biss bekommen dürfte. Prompt kam die Antwort, dass er dafür einen Mundkuss haben wollte. Ich war überrascht, dass schließlich beide Frauen das Gleiche taten. Sie durften vom Hähnchen etwas abbeißen und anschließend die wilden Männer küssen. Alles wiederholte sich mehrere Male. Ich konnte die Szene nicht begreifen und lief davon. Heute lache ich nur darüber!

Ungebetener Fahrgast

An den Ländergrenzen wurde man nicht immer gut behandelt. Auf meiner ersten Autofahrt nach Jordanien erreichte ich die griechische Grenze sehr spät am Abend und wollte im Hotel übernachten. Die Zollbeamten zwangen mich, einen Polizisten nach Saloniki mitzunehmen, weil dieser angeblich am gleichen Abend dort sein sollte! Ich war so müde, dass ich kaum geradeaus fahren konnte. Auf dieser

Strecke musste ich vier Mal Rast machen, um starken Mocca zu trinken, damit ich wach blieb! Der Polizist sprach nur Griechisch und schien Mitleid mit mir zu spüren. Als wir ankamen, zeigte er mir ein Hotel. Bei Ankunft musste ich meinen Reisepass beim Portier hinterlassen. Als ich abreisen wollte, verzögerte dieser die Abgabe des Passes mindestens drei Mal. Er wäre noch dabei, die Gästeliste zu erstellen. Als ich meinen Koffer heruntertrug, vergaß ich meinen Reisepass und fuhr weiter. Ich wollte an dem nächsten großen Ort mein Frühstück einnehmen und wäre fast wahnsinnig geworden, als ich mich an meinen Pass erinnerte. Mein Brüllen und meine Wut halfen mir nicht, da die Polizei der Meinung war, ich könnte meinen Pass an der türkischen Grenze bekommen. Ich wütete weiter und ließ das Frühstück stehen. Ich nahm die 150 Kilometer in Kauf und kehrte zum Hotel zurück. Der Portier zitterte und sprach plötzlich auch Türkisch und Englisch. Er nahm meine Beschimpfungen an und entschuldigte sich. Da ich ihn fast erschlagen hätte, gefror ihm vor Angst beinahe das Blut in den Adern. Ich schwor, nie wieder durch Griechenland zu reisen.

Der enttäuschte Dr. Amman

Im zweiten Semester des Vorstudiums in Konstanz unterrichtete uns Dr. Amman in Geometrie. In wenigen Unterrichtsstunden stellte er fest, dass Mathematik mein Lieblingsfach war. Nach zwei Arbeiten war er sicher, dass ich in dem Fach perfekt wäre. Er führte viele Tests durch. Ich gewann sein Vertrauen. Er gewöhnte sich an die Richtigkeit meiner Antworten, ob mündlich oder schriftlich. Die Kommilitonen hatten eine gute Beziehung zu mir und suchten meine Hilfe. Ich bemühte mich, mittelmäßig zu bleiben, da ich aus alten Erfahrungen lernte.
Es lief alles prima und keiner beklagte sich, wenn Dr. Amman meine Arbeiten lobte. Er steigerte sein Vertrauen in mich so sehr, dass er alle Arbeiten nach meiner Arbeit benotete. Er gab mir automatisch die Eins und verglich alles

andere mit meinen Antworten. Er erwähnte dies auch einmal vor allen Studenten. Ich konnte ihn nicht bitten, vom Lob abzusehen. In den anderen Fächern war ich auch gut, aber kein anderer Dozent behandelte mich so. Er rechnete nicht damit, dass ich mich einmal irren könnte. Und der Tag kam, den ich befürchtet hatte. Wir schrieben eine leichte Arbeit, die ich versaute. Während der Arbeit bemerkte ich nicht, dass ich einen großen Fehler machte. Als Dr. Amman die Arbeiten zurückbrachte, schaute ich nicht auf meinen Zettel. Erst als mein Nachbar mir zeigen wollte, dass seine Antwort nicht falsch war, las ich meine Antwort. Ich merkte gleich, dass ich die Aufgabe falsch gelöst hatte. Ich hob meine Hand und wollte Dr. Amman informieren, dass meine Note nicht richtig wäre, da ich einen Fehler hatte. Unglücklicherweise war ein anderer schneller als ich. Dr. Amman ließ den Studenten sprechen, während ich mich wiederholt meldete. Der Student wollte seine Arbeit mit dem Dozenten diskutieren, nur Dr. Amman wollte es nicht zulassen. Ich schrie laut, dass ich etwas Wichtiges über das Thema berichten wollte. Hier wurde klar, dass man kein blindes Vertrauen haben darf. Der Student eilte mit seiner Arbeit zu Dr. Amman und zeigte ihm, dass seine Antwort richtig war. Es dauerte eine Weile, bis dieser das Problem einsah. Er schaute traurig zu mir. Meine Hand war immer noch erhoben. Ich entschuldigte mich vielmals. Für ihn war es ein böses Erwachen.

1966 Rosenmontag in Westberlin

Als Fremder gewöhnte ich mich schnell an die Feierlichkeiten in Europa. Besonders der Fasching begeisterte mich und machte mir immer wieder eine große Freude. Ich nahm an einwöchigen Seminaren teil. Die Ingenieurschule in Konstanz kündigte eine Studienreise nach Westberlin an. Die Studenten sollten die deutsche Geschichte näher betrachten. Das Regime in der DDR machte schlechte Propaganda über die westlichen Länder. Besonders die Westdeutschen wurden negativ dargestellt. An den Kontrollpunkten musste ein Visum beantragt werden. Mein afghanischer Freund und ich stiegen morgens in den Bus. Außer uns stiegen vierzig deutsche Studenten ein. Ich kannte keinen von ihnen, da sie aus verschiedenen Fächern und Semestern kamen. Ich hatte etwas Obst und Zitronen in meinen Koffer gepackt, weil ich keinen Kühlschrank im Zimmer hatte. Auf der langen Strecke herrschte Ruhe, und viele schliefen. Der Bus war gut beheizt, und im Februar war der Schnee vereist. Als wir uns der Grenze näherten, fingen manche an, zu plaudern. Es ging die Angst um, eingesperrt zu werden. Man befürchtete Probleme, ohne einen Grund dafür angeben zu können. Uns wurden Vorsichtsmaßnahmen auf dem Weg mit gegeben, um nichts zu riskieren. Bei der Kontrolle mussten alle aussteigen und in einem großen Raum Visumanträge ausfüllen. Ein Beamter fragte mich, warum ich nicht in Ostberlin studierte. Als ich im antwortete, dass ich ein Stipendium in Konstanz hatte, war er der Meinung in der DDR besser leben zu können. Wir blieben fast zwei Stunden in dem Amt und danach ging die Reise ohne Komplikationen weiter.

Wir blieben eine ganze Woche in einer Pension und bekamen täglich drei Mahlzeiten. Wir mussten selbst für Ordnung sorgen und abräumen. Jeden Tag verbrachten wir drei Stunden damit, Filme anzuschauen und über Politik zu reden. Mein Kamerad Ali wollte mir Berlin zeigen, da er schon einmal dort gewesen war. Wir zogen durch Berlin und besuchte Ostberlin. Ali hatte viel Geld dabei, und am Ende der Reise schuldete ich ihm mehr als eintausend DM. Obwohl wir Vollpension hatten, besuchten wir teure Läden und Restaurants und stellten fest, dass die führenden Kräfte in der DDR ein schönes Leben führten. Über Politik wollten sich die Lokalgäste nicht äußern.

Wir verbrachten die Nächte in Tanzlokalen und amüsierten uns reichlich. Auch die Berliner feierten den Fasching. Ali und ich feierten alle Nächte durch und fanden kaum Schlaf. Wir nützten die Freiheit, lernten viele Lokale kennen und fuhren mit der letzten Bahn Richtung Schlafgemächer. Die Bahnschaffner mussten uns wecken und aus der Bahn treiben. In jedem Raum schliefen sieben Studenten. Morgens wurden die Zimmergenossen um sieben Uhr geweckt und merkten nicht, dass wir nicht in unseren Betten waren. Ich schälte jeden Morgen eine Zitrone und verspeiste sie vor den Kameraden. Das ärgerte die meisten von ihnen, und sie konnten dies nicht verstehen. Mir half Vitamin C, etwas Kraft zu behalten. Am Rosenmontag tanzte ich mit jedem weiblichen Wesen und hielt es durch bis vier Uhr Morgens. Ali war nicht mehr zu finden und ich durfte ein Mädchen begleiten, das Angst vor der Oma hatte. Ich war etwas angeheitert und benahm mich nicht gut. Ich musste ihr Bett verlassen und ging zu Fuß ins Hotel. Nur beim Tanzen konnte ich mit den Frauen über Politik diskutieren.

Auf der Heimreise wollten die Beamten den Bus durchsuchen. Ein Offizier der DDR stieg in den Bus und verlangte die Reisepässe. Ich saß mit Ali direkt hinter dem Fahrer. Irgendwie war ich übermütig und fing an, über die DDR zu lästern. Ich machte Witze und erwähnte Bananen und Zitronen, die nicht vorhanden waren. Ich war nicht betrunken aber sprach wie der Teufel. Ich war sehr lustig und drehte die Sätze herum. Die Deutschen hinter uns mochten keinen solchen Spaß und schubsten mich in den Rücken. Der Offizier lachte mich an und nahm meine Kommentare nicht ernst. Ich redete wie ein Verrückter und hatte nichts zu befürchten. Die Stiche von allen Seiten störten mich nicht im Geringsten. Das wirkte wie ein Wunder und der Beamte kontrollierte keinen Pass. Er wünschte uns eine gute Reise und stieg aus. Kaum setzte sich der Bus in Bewegung, klatschten alle unaufhörlich und bedankten sich bei mir. Sie konnten es nicht verstehen und redeten Stunden lang über Mut und Angst. Ich stand auf und sagte laut, dass Deutschland und Europa einig würden, bevor die arabischen Staaten miteinander ins Gespräch kämen.

Keinen Hund reizen

Ich wohnte bei einer Familie in Konstanz und war mit dem Raum sehr zufrieden. Die Liegenschaft befand sich zwischen zwei Straßen und die Mitglieder der Familie waren sehr fleißig. Auf der einen Seite hatten sie eine kleine Autowerkstatt, die hauptsächlich privat genutzt wurde. Im Garten hatten sie einen Dackel, den sie wegen der Kunden gelegentlich am Baum anleinten. Ich traf mich mit einem Palästinenser, um schwere Aufgaben zu lösen. Er war verheiratet und hatte bereits ein kleines Kind. Um seine Frau nicht zu stören, gingen wir oft zu mir. Mit Kommilitonen benutzte ich den Garteneingang, weil er näher zur Schule war. Wir tranken manchmal einen Mocca oder einen schwarzen Tee in meinem Zimmer. Ich war nicht der einzige Mieter im Haus. Nebenan wohnte ein Student, der sich in eine Türkin verliebt hatte. Er hatte keinen Erfolg, da er kein Türkisch verstand und das Mädchen sehr wenig Deutsch sprach. Er lud mich mehrfach zu seinem Treffen ein, um Dolmetscher zu spielen. Das hübsche Mädchen erschien immer mit einer Freundin und nahm meinen Nachbarn nicht sehr ernst. Sie war überzeugt, dass keine Liebelei möglich war. Aber sie hatte Spaß daran, den Kerl verrückt nach ihr zu machen. Schon am Anfang klärte ich ihn auf und informierte ihn über Sitten und Gebräuche türkischer Mädchen. Er war leider sehr verknallt in sie und wollte nicht verstehen, dass er keine Chance bei diesem Mädchen hatte. Sie wollte ihn nur becircen und die Abende ohne Anfassen genießen. Er erklärte ihr mehrmals seine Liebe und Treue und wurde fast verrückt. Ich konnte beiden nicht weiterhelfen und konzentrierte mich auf mein Vorstudium. Er war verzweifelt, weil seine Zuneigung keine Erwiderung fand. Ich erzählte niemandem von seinen Emotionen und Versuchen. Mein jordanischer Kamerad hatte Null Ahnung von den Geschehnissen. Mit ihm unterhielt ich mich nur über den Lernstoff. Als wir einmal technische Zeichnungen machen wollten, warnte ich ihn vor dem Hund nicht, da er diesen schon des Öfteren gesehen hatte. Woher hätte ich auch wissen sollen, dass er keine Ahnung von Hunden hatte. Ich lief einen Schritt vor ihm durch den Garten und achtete nicht auf seine Bewegungen. Erst als der Hund bellte, blieb ich stehen und sah mich nach ihm um. Er wollte, dass der

Hund aufhörte zu bellen und bewegte die große Zeichnungs-rolle, die er bei sich trug, in Richtung des Hundes. Noch nie hatte ich einen Hund provoziert. Der riss sich von der Leine los und biss den Freund von hinten ins Bein. Es ging so schnell, dass ich nichts davon bemerkte. Als wir am Stoff arbeiten wollten, klagte er über Schmerzen am Bein und zeigte mir die Bissstelle. Wir verzichteten auf das Lernen und eilten zum Notarzt. Er bekam eine Spritze und sollte noch zweimal gespritzt werden. Ich konnte mit dem Hund nicht schimpfen und ließ den Freund in Ruhe. Den Garten-eingang mied ich bis auf Weiteres.

Der Dozent mit den großen Schritten

Ich besuchte die Ingenieurschule in Konstanz. Im ersten Fachsemester Maschinenbau saß ich mit einem Studenten aus Palästina in einer Reihe. Die anderen ausländischen Studenten wählten im Vorstudium andere Fächer. Die Sitzordnung ähnelte einer Gymnasiumsschule. Es waren genau vierzig deutsche Kommilitonen in dem Raum. Die Dozenten waren hilfsbereit und strahlten Wissen und Freude aus. Ein neues Fach bereitete uns Probleme. Obwohl meine mathematischen Kenntnisse sehr tief waren, war mir die „Darstellende Geometrie" unverständlich. Diese Schule hatte nur einen Dozenten speziell für dieses Fach. Ich saß in der ersten Reihe und war sehr wissbegierig.
Doch schon die erste Stunde gefiel mir nicht. Obwohl ich sehr konzentriert war, konnte ich kaum etwas verstehen. Geometrie war mein Lieblingsfach. Aber das Wort „darstel-lende" machte mir Sorge. Nicht immer sind meine Probleme von anderen verursacht! In der Pause meckerten die Meisten über den Vortrag. Wir versuchten, die Lage zu analysieren. Nach zwei Wochen stellte Martin fest, dass der Dozent ein Genie war. Er schlug vor, mehr auf das Wesen des Lehrers zu achten. Bald war klar, dass wir nicht wirklich dumm waren. Einer von uns erklärte sich bereit, mit dem Dozenten zu sprechen. Aber ich kämpfte mit mir selbst und konnte in der vierten Woche nicht aufmerksam bleiben. Ich schlief ein,

und meine Kameraden in der zweiten Reihe bemerkten es. Sie versuchten, mir ein Zeichen zu geben, damit ich wach blieb. Da sie wussten, dass ich in allen anderen Fächern sehr aktiv war, schlugen sie vor, ich sollte in der Doppelstunde viel fragen. Also fragte ich einmal, wie er die Strecke „CD" erstellt hatte. Seine Antwort war einfach: Genauso wie die Strecke „AB". Alle Studenten platzten vor Lachen und er schaute mich an, wie einen Außerirdischen! Danach gab ich die Fragerei auf. Martin tröstete uns in der Mittagspause und zeigte uns einen Notizzettel, den er vollgeschrieben hatte. Er hatte den Dozenten beobachtet, ohne auf den Lernstoff zu achten. Er hatte die Schritte gezählt, der stets auf dem Podium hin und her lief, und nicht in unsere Richtung schaute. Das Podium maß einfach sieben Meter. In neunzig Minuten ergab die Entfernung, die der Dozent zurücklegte, die Summe von fünf Kilometern! Er blieb gelegentlich stehen, und zeichnete verschiedene Linien an die Tafel.

Die Lösung für eine mathematische Berechnung, wenn ein Flugzeug gegen eine Pyramide stößt, konnte ich nicht herausfinden.

Der Arzt mit den wenigsten Patienten

Auch in Konstanz musste ich einen Arzt aufsuchen, um Gesundheitskontrollen durchführen zulassen. Nach Empfehlung einer älteren Bekannten, ging ich zu einer Arztpraxis in der Stadtmitte. Seine ungewöhnlichen Öffnungszeiten schockierten mich nicht. Die Praxis war geöffnet, aber kein Mensch zu hören. Endlich hatte sich das Warten gelohnt und der Arzt erschien. Außer mir saß niemand in dem kleinen Wartezimmer. Als der Arzt reinkam, stand ich sofort auf. Ich wunderte mich, dass er sich umschaute und meinen Namen rief. Er bat mich, mitzugehen. Ich blieb optimistisch und glaubte, in guten Händen zu sein. Er prüfte meine Personalien und nickte mir zu. Ich war bereits lange Zeit in der Praxis und noch nicht geheilt. Es wunderte mich auch, dass keine Sprechstundenhelferin vorhanden war, hielt es aber für besser, meinen Mund zu halten. Ich war auch an Kritik nicht interessiert. Nach dem Grund des Arztbesuches wurde ich nicht gefragt. Er erkundigte sich nur nach der Richtigkeit des Namens und der Adresse. Bevor auch nur ein Wort über die Gesundheit erwähnt wurde, klingelte sein Telefon. Er wurde lauter, und ich bekam mit, dass der Anrufer seine Frau war. Ich blieb still und zeigte kein Zeichen von Ungeduld oder Missfallen. Die ersten zehn Minuten diskutierte er am Telefon und ich erfuhr, dass seine Ehe kaputt war. Das ging mich nichts an, und ich wartete auf seine Untersuchung. Es ging heftiger weiter und er wurde sehr laut. Ich sah trotzdem nicht auf die Uhr und war mit meinem Schicksal einverstanden. Dass das Gespräch kein Ende fand, war mir egal. Leider hörte der Arzt nicht mehr auf zu telefonieren und fing an, die schlimmsten Ausdrücke zu schreien. Sein Streit schien den Gipfel zu erreichen. „Hure" war das freundlichste Wort in seinen Sätzen! Ich hörte Ausdrücke, die ich nicht kannte. Solchen Wortschatz besaßen nicht einmal die Straßenrowdys! Er steigerte sich in der Diskussion und fügte hinzu, dass er sie fertig machen wollte. Ich bekam dann etwas Angst und wollte aufstehen. Er schob mich zurück in den Stuhl und beendete das Gespräch mit Drohungen. Er sagte noch, dass er an seine Scheißarbeit gehen wollte und legte auf. Ich hatte gelegentlich Ehestreitigkeiten miterlebt, aber so etwas war der Gipfel! Trotz meines Schweigens warf er mir meinen Krankenschein ins Gesicht und schrie, ich sollte zum Teufel gehen! Ich nahm den Schein und eilte zur Tür. Er folgte mir und war immer noch am schreien. Ich rannte weg und vergaß meine Gesundheit.

Angst vor der Dunkelheit

Man sagt: Krebse gehen einen Schritt vor und zwei zurück. Ich bin in diesem Sternzeichen geboren. Meine Macke war, dass ich öfters die Fachrichtung wechselte. Ich begnügte mich nicht mit einer Sache. Ich wollte alles lernen und können! Als ich 1961 nach Deutschland reiste, wollte ich eventuell mein Literaturstudium fertig machen. Die deutschen Universitäten erkannten meine Zeugnisse und Studienbescheinigungen nicht an und bestanden drauf, erst das deutsche Abitur abzulegen. Ich wechselte meine Richtung und fing an, ein Handwerk zu erlernen. Die Carl Duisberg Gesellschaft half mir, ein Stipendium zu bekommen. Ich absolvierte ein technisches Praktikum und fing an, in Konstanz am Bodensee Maschinenbau zu studieren. Auch dort musste ich ein Vorstudium für Ausländer abschließen. Ich schaffte es locker. Meine Vorkenntnisse waren so gut, dass ich meine Hobbys nicht vernachlässigte. Das Übersinnliche machte mir Spaß und ich konnte mit manchen Kommilitonen darüber reden.

Am heiligen Abend luden Saudi-Araber uns zum Essen ein. Die Gäste waren zur Hälfte deutsche Studenten im ersten Fachsemester. Zusammen waren wir elf Studenten.

Es wurden verschiedene arabische Gerichte gekocht und serviert. Nach dem Abendbrot begann eine Diskussion über Phantasie und Realität. Es wurde so interessant, dass ich gerne daran teilnahm. Es folgten Gespräche über den sechsten Sinn und über unerklärliche Phänomene. Ich ahnte, dass das Thema sehr weit führte. Ich versuchte, die Ausschweifungen zu bremsen, und warnte davor, dass die menschlichen Nerven nicht alles verkraften könnten.

Es war eine angenehme Unterhaltung, bis einer von uns wetten wollte, dass alles nur Unsinn wäre. Das war eine Herausforderung für mich. Ich warnte wiederholt vor Horrorvisionen und Angstgefühlen. Man war der Meinung, dass es besonders schön wäre, über Sitten, Gebräuche und Religionen, offen zu reden. Da die meisten von uns Christen waren, gingen wir alle zu einer Nachtmesse in der Kirche. Da es nicht sehr weit war, gingen wir zu Fuß.

Der Messebesuch war auch Anlass für weitere Gespräche. Wir blieben bei dem selben Thema bis tief in die Nacht.

Ich wollte keine Übertreibung erzählen und mit meinem Wissen nicht angeben. Ich war der älteste aber der Schwächste von allen. Ich brachte mehr Nervenkitzel in das Gespräch. Nach verschiedenen Geschichten zitterte ein Teil von uns, aber keiner wollte damit aufhören. Die Vergangenheit lehrte mich, bestimmte Bewegungen und Ausdrücke zu einzusetzen, um mehr Furcht hervorzurufen. Plötzlich waren alle still. Manche wollten zur Toilette gehen. Die Klos waren im Hof und es gab keine Beleuchtung. Leider wagte sich keiner, alleine dort hin zu laufen. Ich fühlte mich stark und begleitete sie durch den Hof. Danach wollten die Gäste nach Hause. Es war fast ein Triumph für mich, jeden bis zu seiner Wohnung zu begleiten. Viele glauben nicht an Hypnose und Telepathie. Das menschliche Wesen kann leicht beeinflusst werden.

1967 Ein unglaubliches Treffen in Belgrad

Mein jüngster Bruder studierte in Belgrad. Ahmed wurde Landwirtschaftsingenieur und arbeitete fürs Ministerium in Amman. Er bekam ein Stipendium und durfte seinen Magister machen. Er war fleißig und beherrschte fremde Sprachen. Man schickte ihn nach London und nach Holland, um die Weltentwicklung auf seinem Gebiet mitzuerleben und seinen Horizont zu erweitern. Er besuchte mich in Deutschland. Doch sein Aufenthalt war immer sehr kurz. Ich war oft in Belgrad, und er lehnte meine finanzielle Unterstützung ab, weil er genügend Geld von unserem Vater bekäme. Er interessierte sich nicht viel für Luxus und hatte ein gutes Benehmen. Da er im Tierkreis des Fisches geboren war, war er leicht zu beeinflussen und Schlafwandler. Wir hatten immer eine sehr gute Beziehung, und er bewunderte mich. Er hatte eine sehr hohe Meinung von mir. Ich half ihm, seine Probleme zu lösen. Er konnte über alles mit mir sprechen.

Er blieb sechs Jahre lang in Belgrad. Seine Briefe waren freundlich und meine bekam er postlagernd. Er wechselte oft seine Unterkunft und hatte kein Telefon. Manchmal verbrachte er Monate im Studentenwohnheim. Dort besuchte ich ihn auch. Die Hygiene war nicht besonders gut. Viele Toiletten hatten keine Tür. Er blieb stets in meiner Nähe, weil ich die serbokroatische Sprache nicht kannte. Die

Bewohner in Belgrad waren freundlich, nur die politische Lage war undurchsichtig. Das spätere Auseinanderbrechen Jugoslawiens sagte er damals vorher.

In Stuttgart hatte ich gute Kameraden, die aus Palästina kamen. Als Junggesellen verkehrten wir in einem internationalen Club. Ich veranstaltete dort sogar Spielabende, für die ich keine Honorare erhielt.

Mohammed war während seiner Lehre in der selben Firma wie ich. Er wollte Elektriker werden und ich war als Praktikant tätig.

Als er vorschlug, zusammen in den Urlaub zu fahren, war ich nicht abgeneigt. Wir entschieden uns für Jugoslawien. Da wir dies sehr kurzfristig entschieden, konnte ich meinen Bruder nicht vorher informieren. Mohammed wusste nicht, dass ich die Adresse meines Bruders nicht besaß. Mit meinem alten Auto machten wir uns auf den Weg. In Österreich übernachteten wir in einem billigen Hotel und fuhren am nächsten Tag sehr früh weiter. Wir hatten uns viel zu erzählen und bemerkten nicht, wie die Zeit verging.

Einhundert Kilometer vor Belgrad wollte Mohammed Einzelheiten über meinen Bruder wissen. Er war wegen der Hotelkosten besorgt. Als ich erwähnte, dass wir eventuell bei meinem Bruder bleiben könnten, wollte er mehr Information haben. Da ich nicht Bescheid wusste, bat ich ihn um Geduld und Verständnis. Ich war kein guter Planer und liebte das Risiko. Als ich ihm klarmachte, dass ich keine Ahnung hatte, und dass mein Bruder oft umzog, rastete er aus. Er wollte aussteigen und per Anhalter zurückfahren. Ich versuchte, ihn zu beruhigen und machte ihn wütender, als ich etwas von Telepathie sagte. Wir erreichten Belgrad und ich wollte mich orientieren. Also stiegen wir aus dem Auto und schauten uns um. Ich bat Mohammed um etwas Geduld, als er von einem Hotel sprach. Aus einer Entfernung von 400 Metern rannte jemand in unsere Richtung. Er bewegte sich wie der Wind. Mein Freund wollte mich schon erschlagen, als ich ihm sagte, dies könnte mein Bruder sein. Es war tatsächlich Ahmed, der uns ganz atemlos begrüßte. Er sagte, dass ein Gefühl ihn eilig hergeführt hätte. Ich hatte wirklich keine

Vereinbarung mit meinem Bruder. Mohammed fühlte sich betrogen und glaubte meine Geschichten nicht. Für mich wurde es eine Herausforderung, Mohammed glaubhafte Zufälle zu erbringen.

1968 Rette sich, wer kann

Ich verbrachte fast zehn Jahre in Stuttgart. Wenn ich meine Frau nicht kennen gelernt hätte, wäre ich Anfang 1969 in die Heimat zurückgekehrt. Es gibt oft Entscheidungen, die man nicht erklären kann. Deshalb spricht man von Schicksal und Zufall. Eigentlich war Stuttgart wie meine zweite Heimat, die ich besser kannte, als Amman. In den Sechzigern hatte ich manchmal mehr als einen Job gleichzeitig und nutzte meine Freizeit, indem ich Abendschulen besuchte und ein Handwerk erlernte. Ich verkehrte auch in einem Club der Carl-Duisberg Gesellschaft, der Deutschen und Ausländern zur Verständigung diente.

Mit Mohammed unternahm ich oft etwas. Wir schlossen gleichzeitig eine Lehre in der selben Firma ab. Im Club waren wir aktiv und standen an Tanzabenden hinter der Theke, um Getränke auszuschenken. Wir verstanden uns gut und gingen zusammen spazieren oder machten Besichtigungen. Unter uns sprachen wir meistens Deutsch, um unsere Deutschkenntnisse zu erweitern.

Wir trafen uns im Club und gingen zum Abendessen zu mir. Ich wohnte in der Nähe der Volksfestwiese und eines Schwimmbades. Nachdem wir etwas gegessen hatten, wollten wir am Neckarufer spazieren gehen. Wir verließen gegen 21:00 Uhr meine Wohnung und waren gerade in der Nähe des Volksfestes, als uns zwei deutsche Paare entgegen eilten. Wir waren so in unser Gespräch vertieft, dass wir an nichts anderes dachten. Die Männer waren sehr aufgebracht und brüllten uns an, ob wir Ausländer wären. Mein Freund antwortete sehr freundlich, dass wir aus Jordanien kämen. Nicht ahnend, was sie vorhatten, wollten wir weitergehen. Sie griffen uns an. Selbst die zwei Frauen machten mit. Einer der Männer versuchte, mich auf den Boden zu bekommen, wie in japanischen Filmen. Er war sehr stark und hätte mich fast kaputt geschlagen. Im Eifer des Gefechtes erblickte ich ein Klappmesser auf dem Boden, das ich aus Angst schnell in die Hand nahm. Mir kam ins Gedächtnis, dass ein Italiener auf offener Straße umgebracht worden war. Ich hielt das Messer geschlossen in der Hand und wollte dem Angreifer sagen, dass wir nichts angestellt hatten. Er sah das gefundene Messer in meiner Hand, gab seine Absichten auf und rannte am Flussufer entlang. Ich rannte ihm nach, um mit ihm friedlich die Lage zu diskutieren. Leider rannte er wie ein Pferd und vergaß seine Leute. Er verschwand spurlos in der Dunkelheit. Ich kehrte zum Kampfplatz zurück und sah, wie mein kleiner Freund von allen dreien Schläge einsteckte. Die Frauen schlugen mit ihren Handtaschen auf den Kopf meines Freundes ein. Ich sah auch viel Blut auf dem Boden und Teile aus unseren Taschen. Mein Blut fing an zu kochen, als ich merkte, dass fast sechzig Leute im Kreis standen und zuschauten, wie wir Prügel bekamen. Viele liefen weiter, als sie mein Zurückkommen wahrnahmen. Ich drückte dem Gegner das geschlossene Messer in den Hintern. Er war sehr groß und hatte nur noch seine Hose an. Er reagierte erst bei meinem zweiten Versuch, da ich auch nach Polizei rief. Er streckte seine Hände in die Luft und blieb wie versteinert stehen. Die zwei Frauen fingen an, zu schreien und zu weinen, dass sie glaubten, ich hätte den zweiten Mann umgebracht. Ich klappte das Messer gar nicht auf und war in der Lage zu handeln. Ich überlegte, die drei und noch andere Zuschauer zu erstechen. Mein friedliches Wesen rief nur noch nach der Polizei, die nicht kam. Ich bat die Zuschauer, die Polizei zu holen, da es damals noch kein Handy gab. Darauf waren die Zuschauer schnell weg. Ein Taxifahrer den ich stoppte, behauptete, kein Funkgerät zu haben. Mein Freund ließ die drei schnell abhauen. Er glaubte auch, ich hätte schon einen erledigt. Wir gingen zurück in meine Wohnung und schauten uns unsere Verletzungen an. Als wir feststellten, dass es schlimmer war, als wir dachten, suchten wir die Polizeiwache auf. Ein Streifenwagen fuhr mit uns eine Runde durch die Gegend. Die Polizisten dokumentierten den Fall kommentarlos. Am nächsten Morgen gingen wir zum Arzt. Er war sehr entsetzt und schrieb uns krank. Ich schrieb die Geschehnisse ausführlich auf und fuhr zur Rundfunkanstalt, in der Hoffnung, dass sie dies senden würden, um den Ausländerhass zu lindern. Leider lehnte der Moderator ab. Ich ging danach nicht mehr unbewaffnet aus.

Den Helden spielen?

Die Zivilcourage ist eine gefährliche Zumutung. Man wundert sich immer wieder, wenn böse Buben nicht gestoppt werden. Aber jeder ist lieber ein Feigling als tot! Es passieren Streitereien, unter denen dritte leiden müssen. In meiner Heimat lief das anders ab. Wenn jemand Streit suchte, musste er feststellen, dass viele Leute auf ihn losgingen, und den Streit beendeten. In anderen Ländern sammelten sich die Menschen, um die Szene anzuschauen. Zum Beispiel sieht man fast jeden Tag bei Autounfällen, dass es schnell viele Zuschauer gibt und keine Hilfe geleistet oder gerufen wird. Manche behindern dadurch den Verkehrsfluss und verursachen eventuell neue Unfälle. Bei Schlägereien und Überfällen riskiert man sein Leben, wenn man sich auffällig verhält. Manche mutigen Männer landeten für mehrere Wochen im Krankenhaus, weil sie sich eingemischt hatten. In Deutschland vermisste ich Bekannte, die den Helden spielen wollten. Ich traf sie Wochen später und sah ihre Wunden und Knochenbrüche. Dafür wurde ihnen nicht gedankt, und wenn Anzeige erstattet wird, ist man nicht im Recht. Ich musste oft zittern, besonders bei Faschingsveranstaltungen, wenn Männer sich wegen einer Frau schlugen. Trotzdem animierte ich Anwesende, den Streit schnell zu schlichten. Manchmal floss Blut, bevor die Ordnungskräfte erscheinen konnten. Nachdem ich vieles erlebt hatte, besorgte ich mir eine Waffe, um mein Fleisch zu retten. Mir wäre es auch egal gewesen, wenn die Polizei dies nicht erlaubt hätte. Man hatte mich fast umgebracht, weil mein

Gesicht etwas ausländisch aussah. Ich war auch bereit, im Gefängnis zu landen, bevor man mir weh tat. Wegen verschiedener schlechter Erfahrungen wollte ich in meine Heimat zurückkehren. Durch das Schachspiel im Club lernte ich meine Frau kennen. Ich fuhr sie heim und ging kurz vor Mitternacht in meine Wohnung. Auf der anderen Seite der Straße war ein großer Parkplatz für die Besucher des Volksfestes und die Schwimmbadgäste im Sommer. Auch die Anwohner konnten ihr Auto dort abstellen. Während ich mich umzog, hörte ich viel Lärm und laute Geräusche. Ich war sicher, dass etwas mit den geparkten Autos passierte.

Ich eilte zum Fenster und sah, wie drei Personen die Autos beschädigten. Sie trampelten auf den Dächern der Fahrzeuge herum und schlugen vieles kaputt. Als sie an mein Auto gehen wollten, schoss das Blut in meinen Kopf. Da ich einen VW Bus hatte, waren die Schäden noch nicht gravierend. Es war spät und die Nachbarn hörten nichts.

Mit der Waffe in meiner Manteltasche rannte ich aus der Wohnung. Ich sah einen Nachbarn, der in Richtung der Abstellplätze gehen wollte. Ich warnte ihn vor den Kriminellen und bat ihn, die Polizei anzurufen. Er ging schnell zu einer Telefonzelle in der Nähe. Wahrscheinlich merkten die Täter, dass sie entdeckt worden waren. Sie machten sich auf den Weg zur Brücke. Mit großen Schritten verfolgte ich sie. Mit einer rauhen Stimme forderte ich die drei auf, stehen zu bleiben. Als sie sich umdrehten, bemerkten sie, dass meine Hand in meiner Tasche steckte. Ich zeigte ihnen die Waffe nicht und bat sie, langsam zurück zum Tatort zu kommen. Ich fügte hinzu, dass die Polizei informiert war. Ich lief langsam rückwärts und kontrollierte ihre Schritte. Sie folgte brav meinen Befehlen. Ich fühlte mich mutig und war entschlossen, nicht nachzugeben. Kaum gelangten wir zum Parkplatz, hörte ich, wie zwei Polizeiautos von beiden Seiten herangefahren kamen. Da sie keine Sirenen benutzten, kamen keine Zuschauer dazu. Die drei fühlten sich in Anwesenheit der Polizei stark und wollten mit den Polizisten reden. Ich nahm den Polizeimeister zur Seite und erzählte ihm, dass ich anonym bleiben wollte. Ich informierte ihn über meine Beobachtungen, und dass ich die Polizei hatte rufen lassen. Er zeigte Verständnis und ging zu den anderen zurück. Ich verließ den Platz, nachdem die Rowdys in Handschellen abgeführt wurden. Sie versuchten, der Polizei Lügen zu erzählen, und dass ihr Auto gestohlen worden wäre. Sie konnten sich aber nicht ausweisen. Sie erwähnten mein Erscheinen mit keinem Wort. Die Polizei fragte mich nicht, wie ich die drei in Schach gehalten hatte. Der Nachbar, der die Polizei angerufen hatte, bedankte sich schnell bei mir und entfernte sich vom Tatort. Er meinte, dass seine Autoversicherung eingeschaltet wurde. Sein Auto war neuwertig, bevor die Rowdys aufgetaucht waren. Ich bezahlte meine Autoreparatur selbst, damit mein Name geschützt blieb.

Spielen, Wetten und viel Spaß

Es gibt viele Berufe, die körperliche Anstrengungen verursachen. Nach der Arbeit hat man keine Lust, Sport zu treiben oder zu basteln. Ich ging manchmal in einen Club und spielte Tischtennis oder Schach. Der Club veranstaltete einen monatlichen Tanzabend und beauftragte eine Musikband, für gute Stimmung zu sorgen. Irgendwann durfte ich Spielabende organisieren. Ich bereitete das Programm gründlich vor und hatte Helfer, die mich bei der Vorführung von Tricks unterstützten. Ich belohnte die Teilnahme mit Preisen und Lob. Nachdem ich gute Erfahrungen sammelte, trainierte ich ständige Helfer in meiner kleinen Wohnung. Ich freute mich immer auf die fröhlichen Gesichter. Lachen und Grinsen belohnte meine Arbeit. Ich kopierte keine Fernsehsendungen und ahmte keine Kinofilme nach. Manche Anwesenden waren begeistert und wünschten sich mehr solche Abende. Meine Veranstaltungen wurden vom Club nicht honoriert und ich bastelte die Preise selbst. Die verschiedenen Clubleiter hatten sich stets an den Abenden aktiv beteiligt.

Zu den Spielen zeigte ich Zaubertricks, die ich beherrschte, und der Saal war mit über achtzig Gästen besetzt. Sicherlich ließ ich niemanden durchblicken, wie die Tricks funktionierten. In der Firma ließ ich mir einen interessanten Zauberstab machen, den ich ohne Sorge jedem zeigen konnte. In der Schweißerei fertigte ich verschiedene Würfel aus Eisen und andere Geräte an, die ich vorführen konnte. Ein Teil der Zuschauer vertraute mir bis in die Hölle. Wenn es um schwere Experimente ging, ließ ich das Publikum nachschauen und prüfen, bevor ich die Tricks durchführte. An einem Abend kündigte ich an, dass ich Rühreier aus der Luft braten würde. Vier Gäste durften den Topf und die Kochplatte begutachten. Um mir die Arbeit schwer zu machen, riefen manche laut, dass sie es ohne Pfeffer wünschten. Einer meinte, dass es genug sein sollte, dass alle probierten. Ein Tunesier war sehr misstrauisch und holte eine Gabel aus der Küche. Die Kochplatte wurde angesteckt. Als sie heiß war, rührte ich mit meinem Zauberstab darin herum, und nach vier Minuten roch es nach Essen. Mohammed konnte es nicht fassen, nahm den Topf und steckte etwas von dem Zeug in seinen Mund. Er schrie begeistert, dass es wirklich gut schmeckte. Er ließ den Clubleiter und viele andere Zuschauer kosten. Nach diesem Abend bestätigte er mir mein Können. Er war auch bereit, den Rest des Abends an meiner Seite zu stehen. Dieser Trick war so überzeugend, dass viele bereits beeinflusst waren. Ich durfte weiter unterhalten und sagte an, dass der zweite Teil des Abends mit Hypnose zu tun hätte. Dazu wäre absolute Ruhe notwendig und die Sitzung dürfte nicht länger als fünf Minuten dauern. Mein Medium war eine Engländerin, die sich vorstellte, und bereit war, die Sitzung mitzumachen. Ich war meiner Sache sehr sicher und bat das Publikum, nur kurze Fragen zu stellen, wenn die Frau hypnotisiert da saß. Ich erzählte auch, dass mein Medium nur Londoner Dialekt spräche, und dass ich schnell übersetzen müsste. Im Saal waren Menschen verschiedener Nationalitäten anwesend. Auch drei Studenten aus England wohnten bei.

Während ich erzählte, konnte man die Spannung und die Angst im Saal spüren. Meine Assistentin war schnell hypnotisiert und die Zuschauer bombardierten uns mit ihren Fragen. Es wurde dazwischen nicht diskutiert und jeder konnte seinen eigenen Atem hören. Es wurden schwierige Fragen gestellt, und eine Dame wollte wissen, wie viel Geschwister sie hätte. Ich kannte die meisten nicht persönlich. Meine Assistentin erschien nicht sehr oft in dem Kreis. Als ich sie aufforderte, aufzuwachen, klatschten alle sehr lang. Ich muss erwähnen, dass ich vorher kein Studium über Hypnose hatte. Ich übte viel und las sehr viel über Menschen. Es gab kurze Verschnaufpausen an dem Abend. Nach dieser Darbietung wollte ich die Atmosphäre auflockern und wiederholt sagte, dass wir noch etwas Spaß im Programm vorgesehen hätten. Es sollte sich jemand melden, der viel Spaß vertragen könnte. Mit meinem Lachen strahlte ich die Leute an, und bat um einen Freiwilligen, der Spaß verstünde. Viele meldeten sich, und ich wählte einen. Ich bat ihn, nach vorne zu kommen und klärte ihn auf, dass es sich um Spaß handelte. Ich glaube, die meisten waren hypnotisiert.

Mein Helfer wusste bescheid. Er schob drei Stühle zusammen. Ich bat das Opfer, sich wie auf einer Couch hinzulegen. Es ging los, und er führte meine Befehle aus. Er sollte mehrfach die Arme oder Beine heben. Ich rief inzwischen Barbara und bat sie, das Glas zu bringen. Sie antwortete, dass die Küche verschlossen wäre, und dass der Leiter den Schlüssel hätte. Diese Szene dauerte etwas länger und das Opfer machte die Augen zu. Barbara holte sich den Küchenschlüssel und brachte endlich das von mir gewünschte Glas. Komischerweise war alle so konzentriert, dass keiner verstand, um was es sich handelte. Der Student war so auf meine Befehle eingetrimmt, dass er nicht ahnte, was folgte. Das Glas war mit Eiswürfeln gefüllt, die gerade am schmelzen waren. Der letzte Befehl war, dass unser Kamerad beide Beine nach oben tun sollte. Er sprang auf, nachdem ich ihm die Eiswürfel in beide Hosenbeine geschüttet hatte.

90

Scherben bringen Glück

Ich lernte Petra im Schachclub kennen und lud sie zu mir ein, um ihr meine Münzsammlung zu zeigen. Sie folgte meiner Einladung und fuhr mit mir nach Hause. Es war keine richtige Wohnung, ich hatte keine Küche und kein Bad. Es war nur ein Waschbecken vorhanden, und die Toilette lag in einem Nebenraum, zu dem man extra einen Schlüssel haben musste. Mein Zimmer konnte ich mit Öl beheizen und die Bettwäsche wurde alle zwei Wochen ausgewechselt. Die Gegend und die Miete waren akzeptabel. Ich sammelte Briefmarken und Silbermünzen. Einen Teil der schönen Münzen bewahrte ich unter einer Glasplatte auf meinem Schreibtisch auf. Das fein geschliffene Glas war einen Zentimeter dick. Kaum waren wir eingetreten, weckten die glänzenden Münzen Petras Aufmerksamkeit. Sie eilte zu der kleinen Ausstellung und lehnte sich mit den Ellbogen auf den Tisch. Ich war wahrscheinlich der einzige, der Münzen in dieser Weise sammelte! So konnte ich meine Münzen täglich sehen und musste sie nicht verstecken. Petras Augen leuchteten vor Freude und ich begann, einen Mocca zu kochen. Meine Kochplatte war winzig, aber damit konnte ich verschiedenes zubereiten.
Leider war diese Idylle nicht von Dauer. Ich hörte einen gewaltigen Knall hinter meinem Rücken. Petra war unbeschreiblich entsetzt. Sie war käsebleich im Gesicht und hielt den Mund fassungslos offen. Die Glasplatte war in Tausende Splitter zersprungen. Die Münzen waren von

Glasstückchen bedeckt und der Boden war voller Splitter. Ich beruhigte sie und sagte ihr, dass Glasscherben Glück brächten. Später erfuhr ich, dass in Deutschland nur Porzellanscherben glücklich machten. Ich beruhigte sie mit den Worten „Splitter sind Splitter", ob Glas oder Porzellan. Mehr als zwei Stunden benötigten wir, um das Glas restlos zu beseitigen. Damit sie diesen Unfall verarbeitete, ließ ich wieder eine passende Platte schleifen. Nach jedem Umzug stellten wir den Tisch mit den Münzen wieder auf. Nachdem ich einen Hausmeister beauftragte, uns die Blumen im Urlaub zu begießen, versteckte ich den Rest der Münzen. Ein Einbrecher in Frankfurt übersah den Tisch, der dort hinter der Wohnzimmertür stand. Nach Jahrzehnten wollte meine Frau, dass ich dies berichten sollte. Gott sei Dank wurden die Glassplitter kein Albtraum für sie.

1969 Degussa und die Edelmetalle

Petra wollte die Verlobungsringe selbst schmieden. Für mich war dies sehr interessant, da ich diese Kunst lernen wollte. Es war nicht schwer, eine Firma zu finden, die Edelmetalle verkaufte. Degussa hatte eine kleine Filiale in Stuttgart, die verschiedene Metalle verkaufte. Das Gold war sehr günstig, ein Kilogramm kostete viertausend DM. Petra hatte noch ihr Werkzeug aus der Lehre. Ich kaufte einen dicken Vierkantdraht. Am Anfang kaufte ich kleine Mengen von dem glänzenden Gold. Petra schlug vor, eine starke Blechschere anzuschaffen, damit wenig Material abfiel. Durch Sägen und Feilen entsteht viel Goldstaub, den man sammeln kann. In der Nähe von Degussa entdeckte ich einen Laden, der Werkzeugbedarf anbot. Dort gab es auch ein Sortiment von Blechscheren. Als ich dachte, die beste Schere gefunden zu haben, nahm ich den Golddraht aus der Tasche, um ihn zur Probe in zwei Teile zu zerschneiden. Ich hatte keine Erfahrung mit Goldverarbeitung und wollte sicher sein, dass die Schere etwas taugte. Weil der Draht sehr dick war, versuchte ich, ihn mit beiden Händen zu kappen. Beide Teile flogen durch die Luft, und ich suchte lange zwischen

Schrauben und Nägeln. Zum Glück wurde ich fündig und kaufte die Schere.

Gold zu bearbeiten machte mir viel Spaß und ich fing an, nach Edelmetallen zu suchen. Ich kam auf die Idee, alles an Silber und Gold einzuschmelzen und daraus Schmuck zu machen. Petra war auch dafür, aber machte mich darauf aufmerksam, dass wir keinen Schmelzofen hätten. Sie nannte mir die Schmelzpunkte verschiedener Metalle. Sie fügte hinzu, dass man sich bei Degussa erkundigen sollte, vielleicht würden sie uns dabei helfen. Ich erkundigte mich und erfuhr, dass dieselbe Firma diese Arbeiten annähme. Wir beide holten unsere Schätze heraus und legten alles auf ein Tablett zusammen. Petra hatte verschiedene Anhänger aus Gold und andere aus Silber und ich besaß hochkarätige Krawattennadeln aus Gold und viele Stücke aus Silber. Ich tat auch meine Trinkbecher und Untersetzer dazu. Ich übertreibe nicht, wenn ich meine Gewichtsschätzung auf ein Kilogramm Silber und mindestens ein viertel Kilogramm an Gold festlege. Degussa nahm alles in Empfang und teilte mir mit, dass es eventuell eine Woche dauern würde, bis wir Nachricht bekämen. Da wir viel zu tun hatten, vergaßen wir völlig unsere abgegebene Ware! Für unsere Heirat waren wir wochenlang beschäftigt, Urkunden und Dokumente beizubringen.

Nach sechs Wochen erhielt ich einen Scheck von Degussa über neunundsechzig DM und einen Schrieb, mit der Mitteilung, dass unsere Metalle kaum einen Wert aufzuweisen hätten und mit anderen Legierungen vermischt gewesen wären.

Namensänderung

Als ich 1961 nach Deutschland einreiste, war mir nicht bewusst, dass alle Dokumente exakt übereinstimmen mussten. Als ich 1969 heiraten wollte, wurde das Problem entdeckt. Mein Nachname auf meiner Geburtsurkunde war mit dem im Reisepass nicht identisch. In Jordanien pflegte man in der Vergangenheit keine Familiennahmen. Man hielt den Vornamen, den Namen des Vaters und den Namen des Großvaters in Urkunden fest. In meiner Abstammung war der Familienname alternativ. Meistens meldeten die Hebammen die Geburt eines Babys ohne ausführliche Angaben. So wurde es in den Ämtern eingetragen. Auf manchen Dörfern war die Eintragung noch ungenauer, sodass manche Leute ihren Geburtstag nicht kannten. Nachdem das Osmanische Reich zusammengebrochen war, stellte man Reisepässe ohne genaue Recherche aus. In manchen arabischen Ländern konnte man alleine mit seinen eigenen Angaben einen Reisepass bekommen. Für meine Reisen ins Ausland erstellte man mir einen Reisepass, ohne die Geburtsurkunde zu prüfen. Als ich dies bemerkte, war ich bereits 18 Jahre alt, und nach dem jordanischen Gesetz durfte man keine Änderung an Namen vornehmen.

Das Standesamt in Stuttgart bat mich, Beweise von jordanischen Behörden zu erbringen, dass ich die selbe Person mit zwei verschiedenen Namen wäre. Ich schrieb an meinen Vater in Amman und bat ihn, sich um das Problem zu kümmern. Ohne Schawket Khasawneh, den Vetter meines Vaters hätte ich in Deutschland nicht heiraten dürfen. Er war ein bekannter Rechtsanwalt, der die Probleme der Familie Khasawneh lösen konnte.

Er konnte das Gericht überzeugen, dass die Behörden das Problem verursacht hatten. Viele Familien klagten über diese Zustände. Fortan mussten die Angehörigen und die Ämter genauer dokumentieren.

Daimler-Benz ist an allem Schuld

Nach dem Aufgebot entschieden wir uns, für immer nach Jordanien zu fahren. Da Petras Eltern mit der Heirat nicht einverstanden waren, wäre das die beste Lösung gewesen. In meiner Anwesenheit erklärten sie ihr, dass sie nicht mehr ins Haus käme, falls sie mich heiratete. Ich musste sogar die Kosten des Seminars übernehmen, da sie ihr kein Geld mehr überwiesen. Nach der Hochzeit luden wir die Habe meiner

Frau in meinen VW Bus und kündigten alles. Es gab keine Zweifel, dass wir am Ende des Monats wegfahren wollten. Sogar die Rundfunkgeräte hatten wir abgemeldet. Ich hatte noch zwei Tage zu arbeiten, die Arbeitsbescheinigung von der Firma abzuholen und loszufahren. Plötzlich kam der Betriebsmeister zu mir und flüsterte mir ins Ohr, dass ein Fahrzeug von Daimler mich abholen wollte. Ich antwortete laut, ich wüsste nicht wozu. Der Fahrer näherte sich uns und bat mich, ihn zu begleiten. Ich zögerte und sagte dem Meister, dass ich ölige Kleider anhätte. Der Fahrer meinte, dass das Management sehnsüchtig auf mich wartete und meine Kleider überhaupt keine Rolle spielten. Der Meister riet mir, mitzugehen, obwohl er wusste, dass ich nur noch einen Tag zu arbeiten hatte. Nach langer Überlegung ging ich mit dem Fahrer weg. Draußen stand eine Luxuslimousine, die für das Management bestimmt war. Er führte mich in ein großes Haus, das extra für die Leitung des Werkes gebaut worden war. Als ich hineinging, standen verschiedene Herren im Raum und begrüßten mich auf das Herzlichste. Ich war sehr überrascht, so dass ich laut sagte, dass ich die ganze Angelegenheit nicht verstand. Ein Herr Dr. Dr. Dürr stellte sich mir vor und bat mich, Platz zu nehmen. Ich fragte, ob ich etwas Falsches gemacht hätte, da ich in zwei Tagen in die Heimat zurück wollte. Davor hatte ich keine einzige Person von der Leitung je zu Gesicht bekommen. Er beruhigte mich und bevor ich saß, sah ich meine Akte offen auf seinem Schreibtisch liegen. Im Nebenraum saßen vier hübsche Damen und warteten auf die Befehle des Managements. Herr Dürr blätterte in meiner Akte und lobte mich von allen Seiten. Mein Lebenslauf steckte auch in der Mappe. Er fuhr fort und meinte, ich wäre eine wichtige Person für die Firma. Er fügte hinzu, ich wäre auch ein Sprachgenie! Er sagte, dass er ein verlockendes Angebot für mich hätte. Ich wiederholte immer wieder, dass unser Gepäck bereits im Auto wäre und niemand mich überreden könnte, in Deutschland zu bleiben. Entweder war er super raffiniert oder ich sehr dumm. Zum Schluss meinte er, dass meine Kündigung offen bliebe, bis ich eine Entscheidung träfe. Er betonte, ich könnte jede Position in der Firma außer seiner haben! Als ich nach Hause ging, erzählte ich meiner Frau von den Geschehnissen des Tages. Sie kommentierte dies nicht. Am selben Abend kamen zwei Paare und klopften an meinem Fenster, da ich im Erdgeschoss wohnte und keine Klingel hatte. Die zwei Männer hatte ich einmal im Club gesehen und wusste nicht, warum sie mich besuchen wollten. Als sie sahen, dass wir fast alles eingepackt hatten, begannen sie, uns zum Bleiben zu überreden. Sie brachten Argumente vor, die mir logisch vorkamen. Innerlich fing ich an zu überlegen, ob das Angebot der Firma unsere Zukunft absicherte. Nachdem unsere Besucher gegangen waren, fragte ich meine Frau nach ihrer Meinung. Sie überließ mir die endgültige Entscheidung und erklärte mir, sie begleitete mich, wohin ich wollte. Ich konnte in dieser Nacht nicht einschlafen. Mein Gehirn diskutierte mit sich selbst. Es war wie ein Albtraum. Am letzten Arbeitstag war ich verwirrt und eine innere Stimme behauptete, dass mir keine andere Wahl bliebe. Ich war überrumpelt und akzeptierte das Angebot. Bevor ich mich in der Personalabteilung vorstellen konnte, zogen wir in eine Wohnung, die wir durch die Zeitung gefunden hatten, um. An einem einzigen Tag meldete ich alles wieder an. Ich ging anschließend in die Personalabteilung und sprach mit dem Personalchef. Er erklärte mir, dass die Firma mich für eine bestimmte Aufgabe bräuchte und nicht meine Wünsche erfüllen wollte. Ich nahm Rücksprache mit Herrn Dürr, der mich tröstete und mir eine große Karriere bei Daimler versprach. Schon am nächsten Tag musste ich ihn zum Flughafen begleiten. Mein Frust war riesig und ich ahnte das dicke Ende. Aus dem Flugzeug stiegen über zweihundert Gäste aus. Ich durfte sogar das Abendbrot mit ihnen einnehmen. Anschließend fuhren wir mit Bussen in die Stadtmitte von Stuttgart. Wir stiegen vor einem Haus aus, das wie ein Hotel aussah. Die Firma hatte ein fünfstöckiges Gebäude gemietet, um die vielen Männer unterzubringen. Herr Dürr begleitete mich in den ersten Stock und zeigte mir mein Büro und meinte, dass die zweihundert Jungs von nun ab unter meiner Aufsicht stünden. Langsam dämmerte mir, was Sache war. Es hieß, die Firma hätte eine Abmachung mit der Besatzungsmacht in Palästina, jedes Jahr eine Anzahl junger Palästinenser für ein Jahr nach Deutschland kommen zu lassen, um sie zu fördern. In dieser Gruppe sprach keiner Deutsch. Aber alle hatten eine abgeschossene Ausbildung. Daimler bestimmte, welche Tätigkeit sie ausüben sollten, nicht sie selbst. Alle waren zwischen 17 und 19 Jahre alt und hatten noch keine Erfahrung in ihrem Fachgebiet. Einige Mitarbeiter von Daimler teilten die Räume zu. Ich bekam viele Formulare zum Ausfüllen. Die ganze Nacht schrieb ich auf der kleinen Schreibmaschine und füllte die Anmeldeanträge für die Neuankömmlinge aus. Wenn die Information in den Reisepässen nicht vollständig war, fragte ich die Kameraden nach der Ergänzung.

Es gab keine Einzelzimmer und die Jungs waren mit allem einverstanden. Meistens waren es Drei- und Vierbettzimmer und alle waren froh, ins Bett zu kommen, da sie von der Reise angestrengt waren. Am zweiten Tag holte man alle aus den Betten, fuhr mit ihnen in die Firma und zeigte jedem die geplante Arbeitsstelle. Schon am gleichen Abend kamen die Klagen und ich musste sie trösten, da ich von nichts wusste. Sie erzählten mir, dass die Behörden in der Heimat ausdrücklich von Praktika gesprochen hätten. Sie mussten jedoch schon am ersten Tag schwere Arbeiten verrichten und die Befehle der Vorarbeiter ausführen. Jeden Tag musste ich mir die großen Vorwürfe bis in die Nacht hinein anhören. Ich wurde der Personalabteilung unterstellt, die mir prompt eine Unterkunft anbot. Meine Frau war einverstanden und wir bekamen ein großes Zimmer neben meinem Büro. Nach wenigen Tagen durfte ich die Probleme in einer Abteilung vortragen. Ausgerechnet war das die Sicherheitsgruppe, die für die Personalabteilung arbeitete. Sie hatten keinen Einfluss auf die Abteilungen, in denen die Jungs tätig waren. Nach wenigen Tagen kündigte die Firma an, dass meine Frau für die Putzarbeiten im ganzen Haus eingestellt würde. Meine Frau wehrte sich nicht dagegen, da die Firma uns die

Unterkunft gratis zur Verfügung stellte. Weder meine Frau noch ich merkten, dass alles von langer Hand geplant war. Es gab oft schlaflose Nächte, weil die Jungs mir vertrauten und mit mir alles diskutierten. Mit anderen Worten musste ich für alles die Verantwortung übernehmen. Alleine für die tägliche Post von zweihundert Leuten hätte man eine eigene Arbeitskraft gebraucht. Mein Vorgesetzter schickte mir etwa 10 deutsche Arbeiter, um Betten im fünften Stockwerk zu belegen. Der Aufzug blieb manchmal nachts stehen und ich war auch für die Befreiung der Fahrgäste zuständig. Die Palästinenser mussten oft in der Nacht arbeiten und konnten den Aufzug nicht richtig bedienen. Kaum einer kannte einen Aufzug. Ich erhielt auch einen Vertrag, den Jungs etwas Deutsch beizubringen. In dem Aufenthaltsraum saßen abends auch die Deutschen und hörten zu, wie ich den Unterricht vortrug. Ich war noch frisch und aktiv und erledigte alle Aufgaben, die mir gestellt wurden. Bald fing die Katastrophe an. Die Jungs brachten viele Probleme aus der Firma mit und die Deutschen kamen abends betrunken ins Haus. Ich bemerkte einen komischen Geruch aus dem Dachgeschoss. Ein Trinker machte seine Matratzen so nass, dass neue Matratzen kommen mussten. Am Anfang sprach ich mit ihm und machte ihn darauf aufmerksam, dass im Hause keine Betrunkenen erwünscht wären. Als ich wieder Matratzen bestellte, kam das Firmenwachpersonal und forschte nach, was das sollte. Nach langer Überlegung führte ich die Herren in das stinkende Zimmer. Sie warfen mir vor, dass ich das nicht sofort gemeldet hätte, und kündigten den Arbeiter fristlos.

Sie nahmen ihn gleich mit. Nach wenigen Wochen wuchs meiner Frau die Arbeit über den Kopf. Wir stellten auch die großen Mülltonnen auf den Bürgersteig und mussten die Abfälle beseitigen. Als ich meinem Chef berichtete, dass meine Frau es alleine nicht schaffte, riet er mir, ihr bei ihrer Aufgabe zu helfen. Mit anderen Worten wurde ich als Nachtwächter, Müllmann und Dreckbeseitiger beschäftigt. Meine Frau weinte jeden Tag und konnte den Geruch der

Mülltonnen und der Küchen nicht mehr ertragen. Die Kellerräume waren völlig leer, aber die Ratten kamen aus allen Löchern und wurden eine weitere Plage für uns. Meine Frau und ich waren trotz allem noch stark. Es kam bald hinzu, dass meine Schwiegermutter persönliche und strenge Briefe an meine Frau schrieb. Das allerschlimmste war, dass die Palästinenser eine militärische Bewegung in ihrer Heimat gründeten. Das rückte die Araber in Deutschland in ein schlechtes Licht. Ein anderes Mitglied des Managements besichtigte unser Wohnhaus und war einfach begeistert. Herr Dürr besuchte uns fast jeden Sonntag und interessierte sich für das politische Denken der Jungs. Er wunderte sich, dass ich Sonntags gut angezogen war, und erzählte in der Firma, dass er nicht so schöne Anzüge besäße. Er war sich nicht im klaren, dass meine Eltern für mein Wohlbefinden sorgten. Manche Jungs wollten nicht mehr arbeiten, andere wurden seelisch krank, weil sie schlecht behandelt wurden. Mustafa war Elektroschweißer und tat nichts anderes, als den Müll der Abteilung wegzuschaffen. Ich erkundigte mich in seiner Abteilung und erfuhr, dass man dort keinen Ausländer an die Schweißarbeiten lassen wollte. Als ich mit ihm zur Personalabteilung ging, bekamen wir die Antwort, dass er Geduld haben müsste. Sie hätten keine andere Arbeit für ihn. Er wurde seelisch krank und der Arzt schlug vor, ihn in die Heimat zurückzuführen. Das war auch der Grund, warum ich mit ihm zum Arbeitsamt ging. Ich merkte, dass Daimler nicht gerne mit dem Arbeitsamt arbeitete. Die Angestellten beim Arbeitsamt ließen mich wissen, dass sie nichts für den Jungen tun könnten. Als es ihm zunehmend schlechter ging, bezahlte das Arbeitsamt ein Retourticket, und ich musste ihn zum Flugzeug begleiten.

Als das Wachpersonal der Firma bei uns im Haus nach Bomben suchte, explodierte ich. Die Jungs waren so friedlich, feinfühlig und akzeptierten ihre Sklaverei. Die ganze Nachbarschaft in der Gegend war mit uns zufrieden. Nach zwei Durchsuchungen ließ ich Daimler-Schnüffelnasen nicht mehr ins Haus. Ich rief das Management auf, solches Misstrauen mir gegenüber zu unterlassen. Mein Vertrauen zu Herrn Dürr wurde weiter gestört, als ich erfuhr, was er von den Arabern hielt. Folgendes Gespräch zwischen ihm und einem anderen Mitglied im Management hörte ich zufälligerweise mit. Er beklagte sich, dass die Araber, die sonst hinter ihren Zelten in der Wüsste schissen und bei Daimler im noblen Haus wohnen durften, hohe Ansprüche stellten. Das war der Höhepunkt. Ich eilte zum Telefon und ließ mir von der Fernsehanstalt, einen Termin geben, damit man die Tatsachen aus der Nähe betrachten konnte. Die Firmenleitung erfuhr davon, und die Personalabteilung rief mich an und mischte die Drohung mit einer Bitte, uns einen schönen Abend im besten Restaurant in Stuttgart, auf Kosten der Firma zu machen. Uns blieb keine andere Alternative. Das deutsche Fernsehen sprach in unserer Abwesenheit mit den Bewohnern, die nur wenig sagen konnten. Am selben Abend schrieb ich meine Kündigung. Als die Sicherheitsmänner der Firma am Morgen klingelten, ließ ich sie nicht herein. Ich rief das Management an und bekam eine Konferenzschaltung zu den restlichen Chefs. Ich hörte, wie einer den Dürr anschrie und ihn als Aasgeier bezeichnete. Er warnte ihn, sich nicht näher als fünf Kilometer dem Wohnheim zu nähern. Wegen der Beleidigungen des Herrn Dürr unternahm ich nichts weiter. Wir mussten ausziehen, da neue Leute unsere Arbeit machen wollten. Ich musste in den Baracken am Neckar arbeiten bis meine Kündigungsfrist ablief. Die meisten ausländischen Arbeiter, die für die Produktion zuständig waren, wohnten in Baracken. Am Neckarufer zeigten die Ratten ihre Stärke und besuchten auch die Schlafräume.

Sie nannten uns Wohnheimleiter. Wir waren Aufpasser und besaßen einen Generalschlüssel, um beim Kontrollieren alle Wohntüren leise zu öffnen. Ein Aufenthaltsraum war uns in einer Baracke in der Mitte zugeteilt. Es gab keinen Raum zum Ausruhen. Darin mussten wir die Post in Empfang nehmen und an die Bewohner weiterleiten. Die Arbeiter schliefen zu viert in engen Räumen, und durften keine Frauen empfangen. Es gab für sie keine Gelegenheit, die

100

deutsche Sprache zu lernen. Kein Wunder, dass manche Ausländer sich nicht anpassen konnten.

Deutsch oder nicht?

Kurz nach unserer Heirat wollten wir nach Jordanien fliegen. Petras Reisepass war fast abgelaufen. Da sie meinen Nachnamen annehmen wollte, beantragte sie einen neuen. Sie legte auch die Heirats- und Geburtsurkunde vor. Der Beamte im Stuttgarter Passamt forderte sie auf, Platz zu nehmen und fügte hinzu, dass sie warten müsste. Ich begleitete sie. Ich schwieg und wartete. Ich selbst musste als Jordanier jedes Jahr eine neue Aufenthaltserlaubnis beantragen und Gebühren entrichten. Leider wurden die Ausländer sehr schlecht behandelt und einige mussten Fußtritte von den Männern im Amt erdulden. Manche waren auf die Genehmigung angewiesen, weil sie in ihrer Heimat keine Bleibe mehr hatten. Ich wäre ausgeflippt, wenn man mich so behandelt hätte. Mir gegenüber war man freundlich, wahrscheinlich sah ich deutscher als sie aus. Trotzdem wagte ich nie, zu protestieren, wenn sie die wartenden Fremden anschrieen. In den sechziger Jahren brauchte die BRD jeden Ausländer und lockte viele ins Land.

Der Beamte sprach in einem Ton zu meiner Frau, der mich kränkte und ich verließ den Raum. Hätte sie einen Deutschen geheiratet, wäre sie schneller und freundlicher bedient worden. Wir hätten auch keine Schererein erlebt. Schon vor der Heirat im Standesamt musste ich einen notariellen Vertrag unterschreiben, dass ich sie nicht verschleppen oder schlagen würde.

Zehn Minuten später kam meine Frau mit rotem Kopf heraus und meinte, der Beamte hätte sie aufgefordert, einen Nachweis zu erbringen, dass sie überhaupt Deutsche wäre, vielleicht durch den Wehrpass ihres Vaters! Sie ließ sich in keine Diskussion ein und sagte dem Beamten, dass sie gerne auf einen Reisepass verzichten könnte und die jordanische Staatsangehörigkeit beantragen würde. Wir standen einige Minute vor dem Bearbeitungszimmer und konnten uns nicht helfen. Sie schrieb eine Postkarte an ihren Vater und schilderte kurz, was passiert war. Seit unserer Heirat hatten wir zwei Jahre lang keinen Kontakt zu ihren Eltern. Sie wollten, dass ihre Tochter keinen Ausländer heiratete. Die Mutter schrieb in der Zeit über Ehen mit Ausländern, jedoch störte uns die Reportage nicht. Aber die Postkarte muss gewirkt haben, da ihr Vater ihr eine Kopie von seinem Brief an das Amt zuschickte. Er war sehr verärgert. Im dritten Reich war er weder Mitglied der NSDAP gewesen, noch hatte er bei der Reichswehr gedient. Am Anfang des Briefes meinte er, dass die Beamten die Aufgabe hätten, ihre Abstammung zu klären. Er wäre aber bereit, in die NSDAP einzutreten, wenn diese Partei neu gegründet würde, falls dies erforderlich wäre!

In der gleichen Woche bekam Petra vom Passamt einen Bescheid, dass sie ihren neuen Pass abholen möchte. Ich begleitete sie. Der Beamte händigte ihr den neuen Reisepass aus und entrüstete sich leise über den Brief ihres Vaters.

1970 Du sprechen Deutsch

Obwohl ich die deutsche Sprache gründlich lernte, formulierte ich den Satzbau wie im Arabischen oder im Englischen. Ich lasse mich gerne korrigieren und manche Sätze umstellen. Da meine Muttersprache Arabisch war und ich noch andere Sprachen gelernt hatte, schrieb ich oft einen Satz verkehrt herum. Mit 22 Jahren lernte ich das erste deutsche Wort und hatte keine Vorbereitungskurse besucht. Die meisten Gastarbeiter waren an der Sprache nicht sehr interessiert und wollten das gesparte Geld an die Angehörigen im Ausland schicken. Viele wussten nicht, wie lange sie die Aufenthaltserlaubnis bekämen. Einige verbrachten Jahrzehnte in Deutschland und konnten sich dennoch schwer verständigen. Solche wie ich wollten weiter studieren oder lernten gerne Deutsch. Vom ersten Tag an war ich bemüht, schnell und gewissenhaft zu lernen. Meine große Bitte war immer, dass man mich korrigieren sollte. Die beste Methode für mich war, jedes neue Verb zu konjugieren. Manchmal war es sehr lustig und alle lachten über meine Grammatik. In der dritten Woche bat ein Kollege alle Anwesenden, Abstand von ihm zu halten und erwähnte das Wort „stinken". Als ich anfing das Wort zu konjugieren lachten sich alle kaputt und der Arbeitskollege sagte schnell, dass nur er gestunken hätte. Ein Deutschlehrer betonte stetig, dass die deutsche Sprache nicht logisch sondern psychologisch wäre. Im Dialekt nahmen es manche Leute nicht so genau und benutzten falsche Artikel. Im Schwäbischen sagte man manchmal „der Butter" und „die Käse". Ich hatte viel Glück, dass ich als Gasthörer an der Uni registriert war. Später konnte man Deutsch beim Goetheinstitut im Ausland lernen. Manche Kameraden konnten den Dialekt nachahmen, aber nicht viel schreiben. Ich nahm es anderen Ausländern übel, dass sie die Sprache nicht richtig sprechen wollten. Den Deutschen nahm ich sehr übel, wenn sie „gebrochenes Deutsch" mit den Fremden sprachen. Selbst wenn der Ausländer eine deutsche Freundin kennen lernte, wurde er von ihr nicht verbessert. Nach einem Jahr in Stuttgart schrieb ich Aufsätze und ließ sie von guten Bekannten lesen. Meistens lobten sie mein Schreiben und äußerten keine Kritik. Ich wollte Korrekturen sehen und kein Lob ernten. Bei Daimler-Benz war ich beauftragt, den Ausländern Deutsch beizubringen. Ich war bereits sieben Jahre in Baden-Württemberg und erlebte Enttäuschungen. Ich bekam einen Anruf und meldete mich mit Nachnamen und der Anrufer merkte nicht, dass ich kein Deutscher war. Herr Schmitt von der Verwaltung wollte einen Termin vereinbaren, um das Inventar im Wohnheim aufzunehmen. Als er kam und mein Gesicht betrachtet hatte, sprach er zu mir wie mit einem Haustier. Ich war sofort beleidigt und mein Stolz erhitzte das Blut in meinen Adern. Ich blieb höflich und sagte ihm, dass ich die Sprache gut beherrschte. Er entschuldigte sich kurz und fuhr fort mit Sätzen wie „du zeigen Schränke und Betten! Ich schreiben". Ich erklärte ihm nochmals, dass er mit mir Deutsch reden musste und, dass ich der Sprache mächtig war. Er wiederholte seine Entschuldigung und schaltete nicht um. Diesmal sagte er „ich machen

103

Inventur. Du zeigen Sachen im Wohnheim. Ich wenig Zeit". Dies war der Gipfel und ich sagte ihm „du sprechen Deutsch, sonst ich böse!". Nach seiner letzten Entschuldigung begann er wieder zu plappern. Ich forderte ihn auf, mir seinen Rücken zu zeigen. Als er sich umdrehte, gab ich ihm einen Tritt in den Hintern und brüllte ihn an. Er rannte weg und kam nicht wieder. Die Inventur fand nie statt.

Wohnungssuche

Menschen neigen dazu, sich Vorurteile zu bilden. Ich will behaupten, dass dies fast in allen Ländern der Welt zu beobachten ist. In den Industriestaaten ist es verstärkt zu bemerken. Wenn man reich ist, schaut man von oben hinab. Der Fremde ist meistens im Nachteil, besonders wenn derjenige die Sprache des Landes nicht versteht. In den armen Ländern haben die Leute Angst vor dem Unbekannten. In meiner Kindheit bewunderte ich die Ausländer, ohne dass ich von ihnen etwas erwartete. Wir nannte sie „fremde Gäste" und versuchten, ihnen zu helfen. Es gibt keine Zweifel, dass manche Menschen alles hassen was ihnen nicht gehört. Bevor ich nach Deutschland kam, hatte ich andere Länder besucht, mich dort wohl gefühlt und war dort willkommen. Ich kam freiwillig nach Deutschland und wunderte mich über vieles. Nur wenige Menschen können Kritik vertragen.
Als ich eine Wohnung suchte, sagten mir viele, dass sie ihre Wohnung nur an Deutsche vermieteten. Unsere Eltern hatten uns gelehrt, dass der Fremde doppelt soviel Liebe braucht, weil ihn das Heimweh quält!
Nach der Heirat mussten wir oft umziehen. Die Immobilienmakler gaben uns viele Adressen und erwähnten von vornherein, dass manche Wohnungen nicht an Ausländer vermietet wurden. Nachdem ich Daimler Benz verließ, sprachen wir nur wenig über Jordanien. Die ablehnende Haltung der Schwiegereltern brachte mich in Rage, und wir suchten nach einem anderen Ausweg. Wir stellten einen Auswanderungsantrag für Australien. Wir wurden untersucht

und getestet und sollten Geduld haben. Inzwischen bekam ich einen Job und vergaß die Geschichte mit Australien. Vier Monaten später kam eine Zusage und wir sollten innerhalb von zwei Wochen nach Köln fahren, um die Reise anzutreten. Wir sagten ab, da wir viele Möbel gekauft hatten und mein Job bei einer Bank zufriedenstellend war. Wir hatten ziemlich lange nach einer gescheiten Wohnung gesucht. Auf dreißig Anfragen hatten wir eine Zusage bekommen. Wir waren nicht sehr wählerisch, aber die meisten Vermieter hätten nur deutsche Paare akzeptiert. Ich telefonierte mit einer Vermieterin, die meine Stimme sympathisch fand. Obwohl ich meinen Namen buchstabiert hatte, war ihr nicht aufgefallen, dass ich Ausländer war. Ich rief sie von einer Telefonzelle in der selben Strasse an und teilte ihr mit, dass wir kommen wollten. Sie war sehr freundlich und wollte uns gleich empfangen. Als sie mein Gesicht an der Tür sah, meinte sie, dass die Wohnung schon vergeben wäre. Als ich erwähnen wollte, dass mein Anruf erst drei Minuten zurück lag, schloss sie die Tür. Am nächsten Tag ließ ich bei ihr anrufen. Sie sagte dem deutschen Freund, dass die Wohnung noch frei wäre, und dass sie die Wohnung an keinen Ausländer vermietete. Der Freund wollte von ihr wissen, ob sie schon einmal einen ausländischen Mieter gehabt hätte. Sie verneinte und antwortete, dass sie Ausländer nicht leiden könnte.

Streit wegen des Entsafters

Wir wohnten in einem Zweifamilienhaus mit Garten und durften das ganze Obst pflücken und verwerten. Da der Vermieter auch große Äcker besaß, kauften wir ihm Möhren und Gemüse ab. Dann kaufte ich eine elektrische Maschine, um Obst und Gemüse zu entsaften. Ich trank gerne Säfte und tat etwas für meine Gesundheit. Petra war von der Sache nie begeistert, aber duldete die anfallende Arbeit. Sie reinigte die Geräte und wusch die Trinkgläser von Hand, weil wir noch keine Geschirrspielmaschine hatten. Ich hatte geordnete Arbeitszeiten und konnte früh nach Hause fahren. Petra wollte Hausfrau bleiben und kümmerte sich um die Reinigungsarbeiten in der Wohnung. Zusammen führten wir Schmiedearbeiten aus und bastelten viel Schmuck aus Edelmetallen. Petra hatte den Kontakt zu ihren Eltern durch die Heirat gebrochen. Dafür erhielten wir die Freundschaft zu wenigen Leuten aufrecht. Anstatt Tee und Kaffee boten wir ihnen frische Obstsäfte an. An einem Sonntag wollte ich den Entsafter zusammenbauen, nachdem ihn meine Frau getrocknet hatte. Am Schluss stellte ich fest, dass die Fixierschraube fehlte. Als ich sie nach der Schraube fragte, war sie der Meinung, dass sie mir alle Teile gegeben hätte. Ihre Behauptung gegen meine brachte keine Lösung und beide ärgerten wir uns. Die ersten Minuten waren ohne Emotion ausgesprochen. Aber dann wurde die Atmosphäre schlecht und keiner von uns wollte nachgeben. Als ich sie leise fragte, ob sie das Teil aus Versehen in den Abfall fallen gelassen hätte, wurde sie richtig wütend. Es wäre fast ein großer Streit entstanden, als ich in die Mülltüte schauen wollte. Für sie war dies eine Verleumdung und beleidigend. Ich konnte mich auch nicht mehr beherrschen und schrie sie an. Ich wusste nicht mehr, wie ich ihr klar machen sollte, dass die Maschine ohne diese Schraube nicht zu gebrauchen war. Meine Geduld war am Ende und ich forderte sie auf, den Müll zu holen, den sie bereits in den Hof getragen hatte. Sie wurde sehr böse, holte die Abfalltüte und entleerte den Müll auf den Küchenboden. Als ihr die große Schraube entgegensprang, wurde sie rot im Gesicht, aber hatte sich nicht beruhigt. Stattdessen meinte sie, ich könnte meine Presse in Zukunft selbst reinigen! Wir sind noch verheiratet und erleben, was der Tag mit sich bringt.

Kohle zwischen zwei Öfen

Wir heizten mit Kohle. Den einen Ofen hatten wir im Wohnzimmer und den anderen in der Küche. In der kalten Zeit mussten wir beide Öfen ununterbrochen beheizen. In den meisten Haushalten gab es Kohleöfen. Ein Teil des

Kellers war früher extra für Kohle reserviert, da es keine billigere Energiequelle gab. Das Gas war teuerer und brachte mehr Gefahr mit sich. Auch Erdöl wurde beliebt, aber der Geruch war nicht immer angenehm. Zentralheizung war noch ein Luxus, den nur reiche Leute hatten.

Wir gewöhnten uns an die Kohle, die wir fürs ganze Jahr im Voraus kauften, und an den feinen Staub, und dass wir die täglichen Rationen aus dem Keller hoch tragen mussten. Wenn Babys anfangen, zu krabbeln, erschrecken die Eltern und befürchten, dass das Baby sich am Ofen verbrenne. Bevor Murad krabbeln konnte, nahm Petra ihn in die Arme und ließ ihn die Hitze des Ofens spüren. Sie warnte das Baby durch das Fingerzeigen vor Verbrennungen und wiederholte es wenige Male. Murad mied die Öfen und macht einen großen Bogen um sie.

Der große Ofen im Wohnzimmer ging aus, und meine Frau bekam ihn nicht an, trotz Zeitungspapier und Kleinholz. Sie nahm mit der Kohlenzange glühende Kohle aus dem Küchenofen und lief, die Blechschaufel darunter haltend, schnell ins Wohnzimmer, da das Baby Wärme brauchte. Leider rutschte ihr die Kohlenzange aus der Hand, und alles fiel auf den Boden. Wäre der Boden in der Diele gefliest gewesen, wäre kaum Schaden entstanden. Aber der Boden war mit Holzpanelen verlegt. Nur die Küche hatte Steinboden. Ich glaube, Petra wurde nervös und schaffte die Glut nicht schnell genug vom Boden. Der Ofen im Wohnzimmer brannte wieder. Als ich nach Hause kam, versuchte ich, die Brandstellen mit einer Maschine abzuschleifen. Ich kannte die richtige Technik nicht, um den Boden wieder schön zu bekommen. Monate später sollten wir nach Frankfurt umziehen und wir hätten den Schaden mit dem Vermieter ausgleichen können.

Bürgerkrieg in Jordanien

Meine Frau und ich stellten uns nach der Hochzeit in Amman vor. Meine Angehörigen waren mit meiner Wahl sehr zufrieden. Besonders meine Eltern waren bemüht, alles für unsere Zukunft zu tun. Die Geschenke häuften sich und ich befürchtete, dass wir nicht alles mitnehmen könnten. Wir waren nämlich mit einem VW Bus nach Jordanien gefahren und wollten zurück fliegen. Leila schenkte uns zwei Wellensittiche samt Käfig und Zubehör. Die osteuropäische Fluggesellschaft war sehr billig. Dafür betrug die Flugdauer über 18 Stunden statt vier, wie üblich. Wir landeten in vielen Städten, um Fluggäste mitzunehmen. Wir hatten Bescheinigungen, dass die Vögel gesund waren. Tayseer hatte sich persönlich darum gekümmert. Wir bedeckten den Käfig mit einem Tuch, damit die Vögel Ruhe hielten. Erst in Warschau wurden sie unruhig, weil wir das Flugzeug wechselten. Neun Monate später fuhren wir mit dem Auto und hatten Marlis mit. Sie beteiligte sich sogar an den Kosten. Da ich schon zuvor zweimal mit dem Auto gefahren war, kannte ich die Strecke. Wir übernachteten einige Male im Hotel und machten unterwegs Essenspausen. In manchen Städten schauten wir uns die Sehenswürdigkeiten an, und wir genossen die Reise.

Wir hatten vor, dort einige Wochen Urlaub zu machen. Marlis hatte sich vor Jahren in einen Palästinenser verliebt, und obwohl er sie sitzen gelassen hatte, wollte sie ihn unbedingt wiedersehen. Meine Leute freuten sich auf unseren Besuch und boten Marlis das Gästezimmer für die Nacht an. Nach zwei Tagen wollte sie lieber im Hotel wohnen. Es war auch nicht so teuer. Da ich mein Auto dabei hatte, konnten wir zusammen Tagesausflüge unternehmen. Marlis und meine Frau hatten bisher wenig von der Gegend gesehen. Meine Eltern fuhren mit ihrem Auto vor und zeigten uns einen Teil Jordaniens. Für Marlis suchten wir die Adresse ihres alten Freundes auf. Er kam aus einem Haus heraus und grüßte uns. Ich kannte ihn aus der Studienzeit. Er war bewaffnet und zeigte kein Interesse für unsere Begleiterin. Er ließ sie auch nicht zu Wort kommen. Er lud uns nicht ein und es war offensichtlich, dass er keine Zeit für uns hatte. Erst jetzt ahnte ich, dass die Palästinenser sich auf einen Kampf vorbereiteten. Gleich wohin wir steuerten, waren bewaffnete Palästinenser zu sehen. Sie waren nicht freundlich und wollten alles kontrollieren. Ich fand dies übertrieben und fühlte mich nicht wohl bei dem Gedanken, von Flüchtlingen regiert zu werden. Im Jahre 1967 hatten die Araber einen kleinen Krieg mit den Israelis. Wann immer die Araber sich etwas stark fühlten, wollten sie den Israelis Angst machen! Sie vergaßen, dass fast die ganze Welt Partei für Israel ergriffen hatte. Für den Staat Israel war der Angriff besser als die Verteidigung. Sie besetzten die Westbank, die Golanhöhen von Syrien und den Süden des Libanon. Zuvor hatten sie alle Flugzeuge in ganz Arabien bombardiert, so waren die Araber schwächer als je zuvor. Jetzt wollten die Palästinenser selbst in den Kampf gehen und bildeten politische Organisationen in den Nachbarländern. In Jordanien ergriffen sie fast die Macht. Als wir eine Verwandte im Krankenhaus in Amman besuchen wollten, ließ man uns nicht ein. Es standen viele Freischärler im Eingang und befahlen uns, weg zu gehen. Das jordanische Militär zog sich zurück und wartete auf Befehle. Die Palästinenser trugen sogar eine eigene Uniform. Mit jedem Tag ärgerte ich mich mehr über die Lage im Lande. Politisch gesehen bildeten die Kämpfer einen Staat im Staat. Der Radiosender und die Zeitungen erwähnten diesen Zustand gar nicht. Meine Eltern sagten voraus, dass die Lage bald eskalieren würde. Sie wollten uns aber nicht beunruhigen. Am letzten Tag im August hörten wir Schüsse und meine Mutter empfahl uns die Abreise. Meine Eltern und zwei Geschwister wohnten im dritten Stock. Sie waren aber auf schlechte Zeiten nicht vorbereitet. Am Abend kam mein Onkel Mahmud für einen kurzen Besuch zu uns. Während er sein Abendgebet hielt, durchbohrten ein paar Kugeln das Fensterglas und streiften fast seinen Kopf. Danach drängte mein Vater uns zur Abreise. Marlis wollte etwas länger bleiben, und ich konnte sie nicht überreden, mit uns zurück zu fahren. Sie war optimistisch und glaubte, dass die Lage ruhig bliebe.

Am nächsten Morgen reisten wir mit unserem Auto ab. Mein Vater begleitete uns bis zur Grenze und war überzeugt, dass er mit dem Bus zurück fahren konnte. Anscheinend ging es am selben Tag los. Während wir mehrere Tage unterwegs waren, hatten wir keine Information über die weitere Entwicklung. Erst als wir im Wohnheim in Stuttgart ankamen, erfuhren wir mehr vom Bürgerkrieg in Jordanien. Ich hatte wochenlang keine Verbindung zu meinen Eltern. Als das Rote Kreuz bereit war, Pakete und Briefe in das Kampfgebiet zu liefern, schickten wir zwei Päckchen mit Lebensmitteln und einen Brief an meinen Vater. Die jordanische Armee griff hart durch und entwaffnete die Freischärler. Die Beduinenarmee rollte mit Panzern und schwerer Artillerie an und vernichtete Flüchtlingslager in Amman.

1971 flog ich wieder nach Jordanien und erfuhr die Wahrheit über die Kriegszeit. Die Israelis hätten die jordanischen Soldaten mit warmen Mahlzeiten versorgt und mit Information über die Verstecke der Freischärler. Eine Rakete hatte das Dach unseres Hauses getroffen und große Schäden in der Wohnung verursacht, während meine Eltern unter den Betten mit aufgestapelten Matratzen gelegen hatten. Das hatte sie gerettet. Das Elektrizitätswerk war zerstört und die Telefonleitungen gekappt. Eine Schwester und ein Bruder waren danach unter einem Hagel von Schüssen zu Verwandten geflüchtet. Der Wasserbehälter auf dem Dach war auch getroffen und hatte sich geleert. Das Haus hatte viele Einschusslöcher in der Fassade. Da die Mieter im Erdgeschoss geflüchtet waren, gingen meine Eltern wegen des Wassers in deren Wohnung. Bevor die Mieter zurückkehrten, war ihr Kühlschrank leer.

Mehr als vierzigtausend Freischärler waren in dem Bürgerkrieg gefallen und die Palästinensische Sache erlitt einen großen politischen Schaden.

Türkischer Tee auf bulgarischer Autobahn

Meine Frau und ich fuhren, während in Jordanien der Bürgerkrieg tobte, mit unserem Auto zurück nach Stuttgart. Es war eine anstrengende Reise. Von Amman bis Stuttgart musste man viertausend Kilometer zurücklegen. An der türkischen Grenze ließen wir unsere Thermoskanne mit heißem Tee füllen. Schwarzer Tee war mein Lieblingsgetränk in der Türkei. Er wurde im Samowar auf Holzkohle gekocht. Später kaufte ich mir in Frankfurt einen Elektrischen Samowar. Für Teegenießer sind die Teebeutel nicht geeignet. Im Samowar kochten die Teeblätter sehr lange und das Wasser wurde nachgefüllt. Die orientalischen Gläser wurden zu einem Drittel mit dem dunklen Tee aus dem Samowar gefüllt. Der Rest wurde mit kochendem Wasser ergänzt. Man konnte selbst die Menge an Zucker bestimmen. Manche gaben etwas Kardamom oder Pfefferminz in den Tee. Meine Frau trank lieber Filterkaffee.

Bei der Rückfahrt hielt man uns an der bulgarischen Grenze nicht lange fest. Diese Autofahrt durch fremde Länder war meine Letzte. Auf der bulgarischen Autobahn jenseits der Grenze bat ich meine Frau, mir von dem guten Tee in einen Becher zu füllen. Sie drehte sich um und wollte die Thermoskanne nach vorne holen, leider stieß sie mit der Kanne gegen den Sitz und der Innenbehälter aus Glas war zerstört. Ohne ein Wort zu sagen schmiss sie die Kanne komplett aus dem offenen Fenster. Meine Aufregung war so furchtbar, dass ich ihr jahrelang Vorwürfe machte. Ich war ein starker Raucher und warf sonst keine Kippe auf die Autobahnen. Ich hatte damit gerechnet, dass die bulgarische Polizei uns verfolgen würde. Es war schlimm genug, dass ich nichts zu trinken hatte.

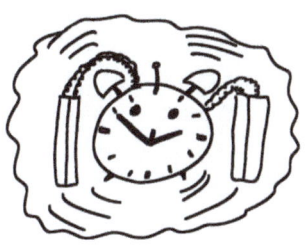

111

Die tickende Bombe

Meine Frau und ich wohnten ein halbes Jahr im Wohnheim von Daimler-Benz. Es war sehr stressig, da wir mit der Firma nicht zurechtkamen. Es häuften sich die leeren Versprechungen und die Aggressionen der Chefs. Sie vermuteten böse Absichten seitens der jungen Palästinenser. Sie befürchteten politische Aktivitäten im Wohnheim, obwohl die Jungs schwer arbeiten mussten und keine Kraft mehr hatten, um Politik zu betreiben. Ich war auch sehr streng zu den jungen Männern und beschäftigte sie mit nützlichen Dingen. Für ihre Freizeit hatte ich Spiele und Bücher beschafft. Im Aufenthaltsraum unterrichtete ich sie in deutscher Sprache und erzählte ihnen Beispiele für Erfolg und Sparsamkeit. Ich war für die Mehrheit von ihnen wie ein Bruder. Sie berichteten mir ihre Probleme und erwarteten einen guten Rat oder Hilfe. Sie versuchten, sich an die deutsche Gesellschaft anzupassen. Die Firma erwartete gute Arbeit und gönnte ihnen keine Ruhe. Es gab oft unangemeldete Kontrollen im Wohnheim, bei denen nie etwas zu beanstanden war. Leider gefiel den Kontrolleuren nicht, dass ich den Chefs gegenüber erklärte, ich hätte alles bestens unter Kontrolle und ich empfände die Durchsuchungen als Misstrauen mir gegenüber. Sie wollten Bomben finden und stellten das Haus auf den Kopf. Meine Frau und ich fühlten uns nicht mehr wohl und suchten nach einem Ausweg. Ich kaufte uns einen Holztisch für das Zimmer, in dem wir saßen und schliefen. Meine Frau dekorierte den Tisch, weil wir manchmal Besucher erwarteten. Sie stellte auch einen schweizerischen Wecker darauf, um die Zeit ablesen zu können. Die Aufregung machte uns sehr sensibel und die angespannte Atmosphäre ging uns an die Nerven. Wir fühlten uns wie Hasen, die von allen Seiten von Jagdhunden eingekreist waren. Nachdem unsere Besucher den Kaffee getrunken hatten, entfernte Petra die bekleckerte Tischdecke. Am Abend war es sehr still und wir saßen ruhig da. Wir waren froh, dass wir am Sonntagabend keine Probleme hatten. Plötzlich hörten wir ein deutliches Ticken. Wir vermuteten gleich, dass es sich um eine Zeitbombe handelte und fingen an, zu suchen. Wir suchten gründlich in unseren Räumen und danach im Bad, das im Nebenraum war. Unsere Nerven waren so blank, dass wir das Ticken auch in der Diele wahrnahmen. Ich ging ins Büro nebenan, um die Polizei anzurufen. Wir hatten es nicht verdient, in die Luft zu gehen. Bevor ich mein Büro aufgeschlossen hatte, kam mir ein Bewohner entgegen. Er wollte mich etwas fragen. Ich fragte ihn vorher, ob er auch das Geräusch hören könnte, das wie ein Bombenticken klang. Er wurde ängstlich und horchte mit. Er konnte die Geräusche nicht hören. Ich bat ihn, in unseren Wohnraum zu gehen. Er eilte mit mir hin und fing auch zu suchen an. Es gab keine Zweifel, dass es sich um eine Zeitbombe handelte. Fast zu spät sagte er, es könnte auch ein Wecker sein. Als ich Petras Wecker vom Tisch hochhob, hörte das Geräusch auf. Unsere Todesangst löste sich allmählich und wir bedankten uns bei ihm. Er war unser Retter!

Runderneuert

Ein Betrunkener fuhr auf mein Auto auf und verursachte große Schäden. Unsere Straße in Stuttgart war steil und dadurch gab es eine Kettenreaktion unter den parkenden Autos. Der Verursacher wurde von der Polizei in seinem Rausch gefasst. Ich kaufte einen Fünfzehnhunderter Fiat von einem Händler in Stuttgart, nachdem das andere Auto nur noch Schrott war.

Zu dem Händler hatte ich Vertrauen. In der gleichen Woche fuhr ich morgens mit meiner Frau zu Marlis und holten sie mit ihrem Gepäck ab. Unsere Reise war damit gestartet. Ich hatte ein gutes Fahrgefühl, weil ich zuvor drei Autos des gleichen Fabrikats besessen hatte. Kurz vor Salzburg machte der Wagen Geräusche wie ein Flugzeug. Obwohl ich handwerklich ausgebildet war, konnte ich mir die Geräusche nicht erklären. Petra schlug vor, in eine Autowerkstatt zu fahren. Kaum waren wir am Stadtrand von Salzburg, erklärte man mir den Weg zu einer großen Reparaturwerkstatt. Der

Meister dort nahm sich Zeit und untersuchte unser Auto gründlich. Seine Prognose war klar und deutlich: der Auspuff war total hin. Während die Damen eine Pause machten, schickte der Meister einen Lehrling mit mir zum Zentrallager, um die Teile zu holen. Ich war begeistert, dass mein Auto sofort dran kam, obwohl sie viele andere zur Reparatur dort stehen hatten. Das war damals ein teurer Spaß, die Kosten betrugen 300 DM. Abgesehen vom Ölwechsel und Tanken, hielt das Auto bis in die Türkei durch. In Bulgarien ließen uns die Zollbeamten aussteigen und durchsuchten die Karosserie. Unser Protest fand kein Gehör. Sicherlich gab es damals auch Schmuggler und Drogendealer, die sie wahrscheinlich weniger durchsuchten!

Die Autobahnen waren überall in Ordnung. Erst vor den Bergen in der Türkei blieben wir kurz stehen, um die Funktionalität des Autos zu prüfen. Ich kannte die Strecke und beschrieb Marlis die Bergspiralen. Die Strecke betrug etwa 120 Kilometer und war sehr eng. Die geteerte Straße verlief wirklich wie eine enge Spirale und war nicht beschildert. Man musste immer mit Gegenverkehr rechnen. Es fuhren dort sehr viele Laster die manchmal ausscherten. In dieser Gegend passierten die meisten Unfälle. Viele Laster, die mit Obst und Gemüse beladen waren, kippten um und verloren ihre Ladung auf dieser Straße. Ich versuchte, die Hupe zu betätigen. Sie gab keinen Ton von sich. Ohne Hupe konnte man in den türkischen Bergen nicht fahren. Die Hupe ersetzte die Schilder und die Polizei. Ich war ziemlich verzweifelt, weil ich die zugehörige Sicherung nicht fand. Die Gegend war menschenleer und ich wollte den Frauen sagen, dass wir Hilfe bräuchten. Nach einer kurzen Stille hörten wir eine Fanfare hinter uns, die als Hupe von türkischen Fahrern verwendet wurde. Im Duo schrieen meine Begleiterinnen, dass ich hinter diesem Auto herfahren sollte. Ich reagierte schnell auf ihren Vorschlag, startete das Auto und beschleunigte meine Fahrweise. Zum Glück lag unser Auto gut in den Kurven und ich hatte bereits zehn Jahre Erfahrung im Fahren. Ich blieb dem Fahrer auf den

Fersen und hielt nur 10 Meter Abstand. Er fuhr einen Mercedes und hupte ununterbrochen. Er fuhr so schnell in den Kurven, dass sein Auto auf dem ungeteerten Fahrbahnrand fuhr. Für mich war die einzige Chance, auszuhalten. Für den Türken war dies unbequem. Er glaubte, dass ich ihn verfolgte. Er dachte bestimmt an die Zivilpolizei, die ihn auch nicht überholen könnte. Am Ende der Verfolgung blinkte er nach Rechts und fuhr links ab. Er war sicher froh, uns abgehängt zu haben! Es war nicht mehr weit nach Adanah und wir schafften es, ohne zu hupen. Am nächsten Morgen ließ ich die Frauen schlafen und eilte zu einer Werkstatt. Da ich Türkisch sprach, fühlte ich mich wohl. Zwei Jungen eilten zum Auto und fingen an, den Fehler an der Hupe zu suchen. Sie montierten fast alles ab und zum Schluss fanden sie die Sicherung im Motorraum. Ich war der Meinung, sie hätten die Sicherung sofort auswechseln können. Es ging ihnen wohl in der ersten Linie darum, Geld zu kassieren!

In Adanah unternahmen wir eine Rundfahrt in einer Pferdekutsche. Erst kurz nach Damaskus kam die nächste Überraschung. Ich ließ voll tanken und nach wenigen Kilometern merkte ich, dass der Tankanzeiger einen fast leeren Tank anzeigte. Ich blickte in den Spiegel und sah Benzinspuren hinter uns. Erschrocken suchte ich die nächste Tankstelle auf. Der Motor wollte sich aber nicht abstellen lassen. Ich stieg schreiend aus, machte die Motorhaube auf und rief die Männer um Hilfe. Einer rannte zu uns und brachte den Benzinschlauch an seinen Platz. Er musste das Problem gekannt habe. Er brachte sein Werkzeug und befestigte die Schläuche, die locker waren. Nach dem Tanken fuhren wir weiter nach Amman. Es wurde spät und Teile der Autobahn waren sehr staubig und nicht beschildert. In Amman wollte ich mit meinem Vater ein Hotelzimmer für Marlis suchen. Es klappte auch und wir wollten zurück nach Hause. Als ich den Motor an einer Ampel abstellen wollte, passierte das Gleiche, wie in Syrien. Ich rief um Hilfe und hatte eine Zigarette in der Hand. Da mein Vater das Problem kannte, schlug er vor, die Zigarette wegzuwerfen! Ich drückte die Zigarette in dem Aschenbecher, sonst hätte unser Auto vielleicht Feuer gefangen. Gott sei Dank konnte ich den Schlauch wieder aufstecken und fuhr gleich zu einem Mechaniker, der eine komplette Wartung am Auto vornahm. Als ich mit Petra zurück nach Deutschland fuhr, nahmen wir die gleiche Strecke. In der Nähe von Adanah krachte etwas am Auto. Ich musste feststellen, dass ein Stoßdämpfer gebrochen war. Die Tankstellen an der Autobahn behaupteten, dass wir damit weiterfahren könnten. Kurz vor Belgrad brach ein weiterer Stoßdämpfer. Da mein jüngster Bruder in Belgrad studierte, begleitete er uns zu einer großen Autowerkstatt. Es war sehr hektisch, aber der Meister ließ uns alle vier Stoßdämpfer austauschen und wartete das Auto. Als ich bezahlen wollte, sah ich, wie Ahmed mit Händen und Füßen mit dem Meister diskutierte. Alles war noch kommunistisch und kompliziert. Nach verzweifelter Unterredung, durfte ich mit amerikanischen Dollars bezahlen.

Als wir am Schluss in Stuttgart ankamen, waren so viele Teile ausgetauscht und repariert worden, dass es eigentlich ein anderes Auto war, als das mit dem wir die Reise begonnen hatten. Als wir später nach Frankfurt zogen, hatten wir das Auto nur wenig gebraucht, da meine Arbeitsstelle Taxifahrten bevorzugte. Ich beauftragte eine Reparaturwerkstatt in Frankfurt, das Auto zum TÜV zu fahren. Mit ihrem Kostenvoranschlag hätte ich einen neuen VW Käfer kaufen können. Sie waren einverstanden, mein Auto als Geschenk zu behalten!

Petra im Porzellanladen

Ich hatte die ersten sieben Jahre in Deutschland als Single gelebt. Obwohl meine Eltern mich finanziell unterstützten und ich jedes Jahr maßgefertigte Anzüge von meiner Familie bekam, hatte ich nichts sparen können. Ich fuhr sehr alte Autos und kaufte den Haushalt in Raten. Egal wo ich ein Zimmer hatte, war mir die Benutzung der Küche nicht gestattet. An Arbeitstagen aß ich immer in der Kantine, und am Wochenenden suchte ich günstige Restaurants auf. Hin und wieder kaufte ich Besteck für meinen Gebrauch. Da ich Silber mochte, sammelte ich damals nur Besteck aus massivem Silber. Ein Esslöffel kostete damals 23 DM und wurde 1980 im Fachgeschäft für 139 DM angeboten. Auch Porzellan kaufte ich in kleinen Mengen. Ich bevorzugte die schönsten Teile und blieb bei der gleichen Marke. Zum Beispiel kostete die mittelgroße Kaffeekanne 150 DM. Da ich wenig Besuch hatte, musste ich keine Sets kaufen. Während ich bei Hertie einen Nebenjob ausübte, bekam ich viel Rabatt auf alles, was ich dort erwarb. Nach meiner Heirat schlug ich zu und ergänzte unseren Haushalt. Meine Frau war mit meinem Geschmack einverstanden. Da wir keine Spülmaschine hatten, blieben wir dem Silberbesteck treu.

Wir zogen innerhalb Stuttgarts um und fingen an, genügend Porzellan und andere Gebrauchsgegenstände zu kaufen, um die Wohnung richtig einzurichten. Bevor ich den Nebenjob bei Hertie aufgab, kaufte ich den Rest an Porzellan, der bei uns passen konnte. Der Chef war gnädig und machte mir ein Sonderangebot, das ich nicht ablehnen konnte. Er half mir sogar, die vielen Teile ins Auto zu tragen. Alleine an Kaffeetassen hatte ich 18 Stück bekommen. Eigentlich war dies ein kleiner Schatz.

Meine Frau war überrascht, denn sie hatte nie soviel Porzellan gereinigt. Sie interessierte sich auch nicht für den Preis.

Eifrig spülte sie alle Teile in unserem steinernen Spülbecken, stellte sie ab und wollte sie abtrocknen und schnell im Küchenschrank verstauen. Leider rutschte alles in Reihe und Glied auf den steinernen Boden und hinterließ nur einen Haufen von Scherben. Ich hörte ihr Geschrei und wusste, was passiert war. Aber ich konnte nicht ein Stück retten. Mit Petras Tränen konnte ich nichts anfangen!

1973 Zu wenig Speicher

Mein Arbeitgeber war unter den Pionieren, die einen Computer kauften und Programmierer ausbilden ließen. Die elektronische Datenverarbeitung war 1973 noch kompliziert und die Maschinen sehr groß. Banken und große Unternehmen strebten nach mehr Erfolg durch die Zentralisierung. Man verwendete anfangs Lochkarten zur Eingaben und bekam Listen aus den Maschinen. Es gab nur zentrale Einrichtungen zur Datenverarbeitung. Der Bildschirm wurde später entwickelt. Ich hatte das große Glück, eine Programmier-Ausbildung bei IBM zu erhalten. Man lehrte uns Grundlagen und verschiedene Programmiersprachen. Ich nahm an vielen Seminaren und Workshops teil. Alles musste intensiv und schnell gelernt und geübt werden, damit die bestellten Computer nicht ohne Verwendung blieben. Unsere erste Maschine kostete eine Million DM und belegte einen extra Raum, den man umgebaut hatte. Es wurden auch Operatoren und Damen für die Eingaben eingestellt. Mein erstes Programm war lediglich ein Test, mit dem ich Daten einlas und sie ausdruckte. Gleich merkten wir, dass mein kleines Programm nicht laufen konnte. Die Chefs wussten nicht viel über Computer und baten mich, meinen Ausbilder aufzusuchen und mich dort besser zu informieren. Ich nahm meine Lochkarten und eilte zu IBM. Das Zentrum hatte viele Spezialisten, die sich mein gelochtes Programm listen ließen. Alle waren der Meinung, dass das Programm laufen musste. Ich ließ meine Karten einlesen und der Computer wandelte sie ohne Fehler um. Das Programm lief dort problemlos. Mein amerikanischer Chef kam dazu und konnte dies nicht verstehen. Er sprach leider außer ‚Pizza' kein deutsches Wort. Am Ende des Tages schrie ich verzweifelt nach Hilfe und ein IBM Angestellter schaute sich meine Arbeit an. Erst nach zwei Überstunden flüsterte er, dass mein Programm 40 Kilobyte zum laufen bräuchte. Dabei kam auch gleich heraus, dass unser Computer nur 32 Kilobyte besaß. Es war eine peinliche Situation für meine Firma und den Hersteller, der uns so wenig Kapazität zur Verfügung gestellt hatte. Schon am nächsten Morgen kamen Techniker von IBM und verpassten unserem Computer 48 Kilobyte. Es kam oft vor, dass IBM unsere Kapazität schnell erhöhen musste.

Die Entwicklung war so rasant, dass man heute das Wort ‚Kilobyte' nicht mehr erwähnt. Der kleinste Taschenrechner hat bereits mehr Kapazität als die alten Maschinen, die große Räume füllten.

Gelöschte Platten

Anfang der siebziger Jahre strebten alle nach Erfolg durch den Computer. Diese Technologie war noch neu, und niemand hatte wirklich lange Erfahrung. Man wurde ständig über neue und getestete Verfahren unterrichtet. Computerverbindungen über größere Distanzen waren selten. Nur Banken profitierten von neuen Methoden, die Telexe ersetzen konnten. Dafür wurden extra Maschinen hergestellt. Unsere Bank kaufte gleich zwei davon, eine als Reserve. Für die Sicherheit tat man gleich sein Bestes. Die Maschinen liefen ohne Unterbrechung. Das heißt, solange keine Probleme auftraten. Außerdem musste man Anlagen kaufen, die Stromausfälle überbrücken konnten. Ich kontrollierte die Protokolle und kopierte die Programme und die Dateien täglich. Um die Sicherheit zu erhöhen, machte ich immer zwei getrennte Kopien und lagerte eine im Safe.

Zur Wartung der Maschinen kam monatlich ein Techniker. Bei Problemen musste sofort ein Techniker kommen, weil dies in den Verträgen verankert war. Leider passierte öfters, dass der Computer meldete, die Systemplatte hätte versagt. Die meisten Firmen mussten in Schicht arbeiten und manche Techniker waren überfordert.

Unser Operator rief die Wartungsfirma an und informierte mich über den Ausfall. Ich eilte in den Computerraum und kurz danach erschien ein Techniker. Er sah übermüdet aus und ich hätte ihn lieber nach Hause geschickt. Er versicherte mir, er sei hellwach und ihm fehle nichts. Kaum öffnete er die Maschine, verlangte er eine Sicherheitskopie. Ich ahnte noch nicht, dass er die laufende Platte gelöscht hatte. Der Operator holte ihm die eine Platte aus dem Nebenraum. Etwas später rief mich der Operator an, und klagte, dass die Kopie auch gelöscht worden wäre. Ich fiel fast in Ohnmacht und informierte meinen Chef über den Vorfall. Er war auch sehr besorgt, da wir nur noch eine Kopie im Safe hatten. Ich konnte die Welt nicht mehr verstehen. Ich schwor, dem Techniker keine Platte in die Hand zu geben. Ich schlug vor, die Platte mehrfach zu kopieren, aber nicht mit unserer Maschine. Da wir eine Vereinbarung mit einer anderen Bank hatten, nahm ich die Kopie aus dem Safe und ließ den Techniker drei gelöschte Platten tragen, und wir liefen zusammen zu dieser Bank. Ich übertrieb sogar und bat den Techniker, Abstand von mir zu halten. Ich fragte ihn, ob er Magnete bei sich trüge, die die Platten löschten. In der Nachbaranlage kopierte ich die Platte aus dem Safe selbst dreimal und ließ den Techniker meine Platte nicht anfassen. Es war keine Heldentat, aber eine vernünftige Lösung.

Wutanfälle

Keine Zweifel, dass ich gelegentlich meine schlechte Seite zeigen musste. Meine Geschichten zeigen meistens einen geduldigen und braven Mann. Manchmal glaubte ich, dass man mich ungerecht behandelt hatte. Unter seelischem Druck handelte ich falsch. Oft war der Stress unerträglich. Meine Aufgaben waren klar definiert. Ich musste Benutzer-orientierte Programme erstellen und sie zum Laufen bringen. Es kam manchmal dazu, dass ich den Job von Kollegen erledigen sollte. Oft erledigte ich die Arbeiten und blieb ruhig. Einmal musste ich einen großen Drucker transportieren, den ich kaum bewegen konnte. Er rutschte mir von der Karre absichtlich auf den Boden. Ich tobte und ließ alles stehen.

Man versucht, kollegial zu bleiben, nur ein Kollege weigerte sich seine Listen zu übernehmen. Ich legte sie auf einen Bürostuhl, da sie sehr schwer waren, und schleudere den Stuhl in den Raum. Es war peinlich und die ganze Abteilung missbilligte diese Tat. Ich entschuldigte mich nicht und beschimpfte den Kollegen, der später mein Chef wurde. Ein anderer Kollege ist auch Chef geworden, nachdem ich ihm alles beibrachte. Ich betonte immer wieder, dass ich an leitenden Posten nicht interessiert war. Dieser neue Chef beklagte sich in der Personalabteilung, dass ich ihn nicht akzeptierte. Bei der nächsten Gelegenheit beleidigte ich ihn. Ich hatte mein Wissen gerne weiter gegeben. Der nächste Freund, den ich unterrichten sollte, setzte sich auf meinen Platz, sobald ich kurz weg war. Das Problem war, dass er wiederholt meinen Schreibtisch voll krümelte und seine Zigarettenkippen im Aschenbecher qualmen ließ. Nach wiederholten Bitten hatte er nicht verstanden, dass das mich störte. Ich weigerte mich, weiter mit ihm zu arbeiten. Es störte mich besonderes, wenn die Chefs ihre Freunde einstellen ließen und sich von mir über EDV aufklären ließen. Durch Bekanntschaften schafften es viele in höhere Positionen und vergaßen, sich erkenntlich zu zeigen. Durch Zufall bekam ich mit, wenn diese Kollegen bei Vorgesetzten die Sekretärin oder andere Mitarbeiter schlecht machten. Ich tadelte die Kollegen und zögerte nicht, ihnen meine Meinung zu sagen. Dadurch schrumpfte die Anzahl der Kollegen, die sich schlecht behandelt fühlten.

1974 Ausgesperrt

An Murads erstem Geburtstag bekamen wir in Rödelheim einen Telefonanschluß. Meine Schwiegereltern waren zur Geburtstagsfeier anwesend. In dieser Woche hatte ich ein Computer-Seminar in Mainz. Ich versuchte vergeblich, meine Frau anzurufen. Am Freitag stellte ich fest, dass unser neuer Anschluss bereits defekt war. Murad hatte an seinem Geburtstag in seinem Bett gestanden, das meine Frau beim Putzen in die Diele gestellt hatte. Er zog am Telefonkabel, bis der Apparat auf den Boden fiel.

An seinem zweiten Geburtstag ging Petra kurz zum Bäcker, um Kuchen zu holen. Diesmal ging Murad zur Tür und schloss die Kette, die sehr tief hing. Als Petra zurückkam, konnte sie nicht in die Wohnung. Sie versuchte, Murad durch den Türspalt zu erklären, wie er die Kette wieder abmachen könnte. Er konnte die Sicherheitskette jedoch nicht öffnen. Petra versuchte, durch ein Fenster einzusteigen, da die Wohnung sich im Erdgeschoss befand. Leider waren alle Fenster geschlossen. Sie erklärte Murad durch das geschlossene Fenster, wie er den Griff zu drehen hatte, um es zu öffnen. Nach langem Probieren ging das Fenster auf, und sie kletterte hinein. Da die Kette an der Tür verdreht war, ließ sie sich nicht mehr aushängen. Um die Wohnungstür öffnen zu können, holte sich Petra eine Metallsäge beim Hausmeister und sägte die Stahlkette in 2 Stunden durch, und Murad war wieder glücklich.

1975 Geldbriefe

Briefe waren die Verbindung zwischen Welten. Das Telefonieren war sehr teuer, und viele besaßen kein Telefon. Man konnte Nummern im Ausland nicht direkt anwählen. Mein Vater unterstützte mich sehr lange finanziell. Er schickte mir gelegentlich einen Hundertmarkschein mit der Post. Er tat das jahrelang, obwohl er damit sehr schlechte Erfahrung gemacht hatte. Er schickte meinem Bruder auch Geld per Post. Ahmed studierte in Belgrad und bekam halbjährlich seinen Lebensunterhalt. Er empfing postlagernd auch Einschreiben von meinem Vater. Er erhielt 500 amerikanische Dollar für ein halbes Jahr. Davon konnte er sogar etwas sparen. Als er den Empfang des Briefes nicht bestätigte, ging mein Vater zur Post in Amman und reklamierte es. Nach kurzer Zeit bekam er schriftlich, dass das Einschreiben ordnungsgemäß herausgegangen war. Ahmed hatte kein Geld mehr und erkundigte sich bei der jugoslawischen Post. Er war nach zwei Wochen verzweifelt und wusste sich nicht zu helfen. Er drängte in dem Postamt darauf, dass man gründlich nach dem Brief suchte. Er gab an, dass er wichtige Dokumente aus Amman erwartete. Nachdem er mit gerichtlicher Anzeige drohte, fanden die Beamten den Brief in Belgrad. Er war geöffnet und wieder zugeklebt. Natürlich war das Geld nicht mehr darin. In dem Regime konnte er sein Recht nicht erlangen. Das Einschreiben war nicht abhanden gekommen und die Post in beiden Ländern weigerte sich, ihm entgegenzukommen. Am Ende musste er auch vom Geld reden. Für die Beamten war die Sache erledigt! Mein Vater veranlasste, dass mein Bruder sein Geld künftig durch die jordanische Botschaft übermittelt bekam.

Nach wenigen Wochen musste auch ich feststellen, dass Vaters Brief mich nicht erreichte. Nach großer Reklamation, erhielt ich einen Brief vom deutschen Postamt, dass sie keine Verantwortung übernehmen könnten, weil es nicht erlaubt wäre, Geld in einem Brief zu senden! Es war klar, dass die Behörden Brief und Geld nicht herausrückten. Ich musste mich damit abfinden und bat meinen Vater, aufzuhören, mir Geld zu schicken. Ich musste mit meiner Frau sparsamer leben.

1976 Brand in der Küche

Mein Vetter Mazen war durch eine Kinderkrankheit Taubstumm geworden. Ich lernte ihn in meinem Urlaub kennen und fand ihn sehr sympathisch. Seine Mutter besuchte uns in seiner Begleitung. Auch zwei Töchter waren anwesend. Sie übersetzte manchmal, was er mir in Gebärdensprache sagen wollte. Er notierte meine Frankfurter Adresse in seinem Notizheft. Wir waren gleichaltrig, aber hatten uns nie zuvor getroffen.

Im Frühjahr des folgenden Jahres rief mich ein Unbekannter aus Berlin an, und kündigte an, dass mein Vetter mit dem nächsten Zug zu uns käme. Am Sonntagmorgen klingelte ein Taxifahrer bei uns und verlangte Geld, da mein Vetter nichts dabei hätte! Ich war nicht begeistert, da ich viele Überstunden machte und meine Frau sich um unsere Söhne kümmern musste. Amin war gerade ein halbes Jahr alt. Doch ich konnte Mazen nicht abweisen und ließ ihn sechs Wochen bei uns verbringen. Er schlief im Wohnzimmer und räumte am Morgen auf. Er war ordentlich und hielt alles sauber.

Während seines Aufenthaltes machte er sich nützlich und begleitete uns in den Garten. Er kannte sich mit Gartenarbeiten aus und war eine große Hilfe für uns. Er kümmerte sich um das Baby und trug es oft die Treppe hoch. Wir wohnten im dritten Stock eines Altbaus und hatten keinen Lift im Hause. Er war kräftig und trug schwere Sachen zum Sperrmüll, außerdem bügelte er meine Hemden. Da er Schneider von Beruf war, änderte er uns auch die Kleider. Am Anfang ahnte ich nicht, dass er in Deutschland eine Bleibe suchte. Ich konnte ihn nicht überzeugen, dass er besser in die Heimat zurückkehren sollte. Später, als sein Urlaub endete, übergab ich ihn den Behörden und beauftragte einen Anwalt, seine Lage zu prüfen. Mein Vater schimpfte dass ich meine Gastfreundlichkeit ausnutzen ließe. Ich hatte Mazen nicht eingeladen!

Meine Frau und ich rauchten gelegentlich. Er war Kettenraucher und hatte kein Geld. Aber er hatte keinen Zweifel, dass er eine Arbeit bekäme, um in Deutschland zu bleiben. Er war überzeugt, dass er viel Geld verdienen würde und versicherte mir, dass er mir meine Ausgaben zurückerstatten würde. Er bekam tatsächlich eine Aufenthaltserlaubnis und fand gute Arbeit. Da er als Behinderter anerkannt wurde, durfte er in einer Behindertenwerkstatt wohnen und arbeiten. Von dem versprochenen Geld sah ich keinen Pfennig. Er kam in dieser Gesellschaft nicht zurecht und kehrte nach Jordanien zurück. Der Kontakt mit ihm brach für immer ab.

An einem Abend wurde viel geraucht und wir gingen schlafen. Unsere Schlafzimmertür ließen wir wegen der Kinder offen. Mein Vetter meinte es gut und leerte den Aschenbecher in den Mülleimer in der Küche. Anscheinend hatte er seine letzte Zigarette nicht richtig ausgedrückt. Der Mülleimer stand unter dem Fenster. Äußerlich bestand er aus Edelstahl. Leider hatte er einen Innenbehälter aus Kunststoff. Holz war ein großer Bestandteil des Hauses und unsere Wohnung.

Ich hatte mich gerade ins Bett gelegt, als ich ein schimmerndes Licht bemerkte. Ich sprang auf und rannte in die Küche, als ob ich geahnt hätte, was passiert war. Das große Glück war, dass ich einen Feuerlöscher auf dem Küchenschrank liegen hatte. In kürzester Zeit konnte ich das Feuer löschen. Die Gardine am Küchenfenster hatte Feuer gefangen und die Wand hinter dem Mülleimer war bereits verbrannt. Ich konnte selbst nicht glauben, dass ich den Schaden klein halten konnte. Wäre der Eimer in den Küchenschrank eingebaut gewesen, hätte ich keine Chance gehabt. Wäre ich nur eine einzige Minute später gekommen, hätte ich die Geschichte sicher nicht schreiben können. Glücklicherweise waren die Türen der Kinderzimmer an beiden Enden des etwa 15 Meter langen Flures geschlossen. Meine Frau war schnell in meiner Nähe, öffnete Fenster und beseitigte die Spuren des Feuers. Mazen schlief fest und merkte nichts von der kleinen Katastrophe. Wir hatten die Wohnzimmertür nachts geschlossen gehalten. Der Rauchgestank verschwand nach drei Stunden. Petra schaute nach den Kindern und ging schlafen. Ich gab Mazen die strikte Anweisung, in Zukunft nichts in den Müll zu werfen.

1978 Finger im Rohr

Rihab die als einzige meiner Schwestern ein Studium abgeschlossen hatte und alleine ins Ausland reisen durfte, besuchte uns zweimal in Deutschland. Sie war mir dankbar und beschenkte unsere Kinder so oft sie konnte. Sie heiratete einen Palästinenser, und die anderen 5 Schwestern wurden mit Verwandten verheiratet. Als Amin unterwegs war, kaufte sie ein zweisitziges Dreirad und brachte es zu meinen Eltern. Ich war böse, weil ich nicht wusste wie ich es nach Frankfurt transportieren sollte. Sie meinte, dass sie kein Problem darin sähe und bestand darauf, dass ich es mitnehmen müsste. Also schleppte ich es.
Auf den Flughäfen wurden meine Bedenken zerstreut, da es keiner beanstandete. Murad hatte seine große Freude und radelte in der ganzen Wohnung herum. Mit zwei Jahren durfte Amin mitfahren. Es machte Allen Spaß, die Kinder liebten das Gefährt und wollten es nicht missen.
Nach zwei Jahren brach ein Rohr unter dem hinteren Sitz, und beide waren traurig und weinten. Petra meinte, man könnte es vielleicht schweißen lassen. Wir wohnten bereits in Maintal. Am Samstag fuhren wir mit dem Dreirad nach Frankfurt, weil ich einen Schlosser in Rödelheim kannte.

Unterwegs wollte ich sicher sein, dass wir auch das kleine dünne Rohr mitgenommen hatten. Petra holte es aus ihrer Tasche und wollte es mir aushändigen, da griff Amin danach und wollte es genau betrachten. Plötzlich steckte sein Finger drin. Er war immer sehr schnell. Jetzt schrie er, weil er seinen Finger nicht heraus bekam. Petra drehte sich um und wollte ihm helfen. Aber sie schaffte es nicht und wurde nervös. Ich fuhr rechts heran und hielt den Wagen an. Ich beschimpfte Alle und spuckte auf seinen Finger. Vorsichtig drehte ich am Rohr und siehe da, das Rohr glitt vom Finger. Sein Finger war etwas zerkratzt, da das Rohr Grate hatte. Das Dreirad wurde geschweißt und meine Sorgen wurden weniger. Bald darauf konnte Amin mit einem normalen Fahrrad fahren, und das Dreirad ging an eine Nachbarin, die auch zwei kleine Kinder hatte.

Mein erster Curryreis

Normalerweise spricht man von der ersten Liebe. Das erste Mal bei allen Erlebnissen bleibt im Gedächtnis hängen. Bei wiederholten Erfahrungen denkt man trotzdem an die ersten Geschehnisse. Aber diese Geschichte hat mit Romantik nichts zu tun. Stattdessen möchte ich vom Essen erzählen. Viele Leute lesen lieber einen Krimi oder einen Thriller. Wer wird sich wohl für Essensgeschichten interessieren? Dabei ist der Mensch ein armes Geschöpf, das nur durch Nahrung auf andere Gedanken kommt. Hungern ist schlimmer als Krieg. Die älteren Generationen erzählten immer, dass sie im Krieg und danach richtig hungerten. Sie erwähnten weniger die wahnsinnigen Schlachten, die sie überlebten. Auch ich musste etwas hungern, weil alle Länder der Welt mehr Geld für Kriegsgerät ausgaben als für die Bedürfnisse des Volkes.

Schon während des Essens denkt man an die nächsten Mahlzeiten. Der Mensch vertilgt durchschnittlich etwa 25 Tonnen Essen in seinem Leben, bis er 70 Jahre alt wird. Es bleiben nur wenige Erinnerungen an Essen im Gedächtnis. Der Mensch beherrscht technisch die Erde und bald das

Weltall Kraft seines Gehirns. Aber was Organe wie den Magen betrifft, ist er wie alle andere Geschöpfe. Im Arabischen sagt man, dass der Magen das Zentrum für Krankheiten sei, und das Fasten sei Anfang der Heilung. In London war ich mit meinem Kollegen bei seinem Freund eingeladen. Die Frau wollte uns Curryreis nach einem indischen Rezept zubereiten. Vor dem Essen tranken wir Säfte und unterhielten uns über die Arbeit. Ich war auf das Gericht sehr gespannt und lehnte jede Vorspeise ab. Ich war etwas voreingenommen, weil die Engländer wenig Salz und Gewürze in ihr Essen taten. Zuvor hatte ich nie indische Gerichte probiert. Als ich zu essen begann, erlebte ich die größte Überraschung meines Lebens. Schon der erste Happen bereitete mir Probleme beim Schlucken. Es war so scharf, dass meine Zunge brannte und ich nicht schlucken konnte. Nach dem zweiten Biss fühlte ich ein Brennen am Kopf und mein Gesicht glühte. Die Anwesenden aßen weiter, aber merkten, dass ich gequält war. Die Gastgeberin wollte eilig helfen, wusste aber nicht, wie sie mich behandeln sollte. Keiner von uns hatte Erfahrung, wie man Mundbrände löschen sollte. Aus Angst wollte sie mir meinen Teller wegnehmen. Ich wollte ohne Kritik weiter essen, da ich ziemlich hungrig war. Ich versuchte, mir selbst zu helfen, weil die Anderen keine Schärfe zu bemerken schienen. Unser Freund brachte jede Menge Orangensaft, den ich schnell trank. Ich entschloss mich, tapfer zu bleiben, aß sehr langsam und ertrug alle Schmerzen. Mein Kollege kümmerte sich um nichts und tat so, als ob es ihm nicht scharf genug wäre. Die Hausfrau wollte mir wiederholt etwas Anderes bringen, doch ich lehnte ab.

Ich glaubte persönlich fest, dass dieses Gericht übertrieben gewürzt war und ging mit demselben Kollegen später einmal in Frankfurt indisch essen. Ich bestellte Curryreis und stellte fest, dass es genauso scharf war. Meine Haare standen zu Berge und meine Augen tränten. Mein Kollege hatte Mitleid und gab mir den Rat, keine scharfen Gerichte zu bestellen. Zum Glück hatte ich ihm nicht erzählt, was ich bei seinen Freunden gedacht hatte.

Schraube locker

Murad und Amin spielten mit Legosteinen. Trotz des Altersunterschieds spielten sie oft zusammen. Murad war immer ein stiller Geist und sehr kreativ. Amin fühlte sich abhängig von seinem Bruder und ließ sich von ihm alles machen. Sie stritten sich oft und machten uns die Atmosphäre zur Hölle. Besonders im Auto konnten sie nicht ruhig bleiben. Ein Zank verlief ruhig aber sehr schmerzlich. Als wir das Geschrei von Amin hörten, rannten wir beide in den Flur, um die Quelle zu erforschen. Petra war zuerst zur Stelle und fing an zu schreien, weil sie nicht schnell helfen konnte. Murad hatte seinem Bruder eine Holzschraube in die Nase gesteckt. Amin war bereits blau im Gesicht und war nur am Schreien. Er war sonst schmerzunempfindlich und blieb meistens still. Ich fragte Murad, was passiert war. Er erzählte mir ganz ruhig und klar, dass er eine Schraube in Amins Nase geschoben hatte. Zum Glück blieb ich bei Unfällen immer ruhig und sachlich. Also schickte ich Petra ins Bad, um eine Pinzette zu holen. Ich hatte ein großes Sortiment an Werkzeug und Pinzetten. Währenddessen beruhigte ich Amin. Ich hatte etwas Mühe, die Schraube ohne Verletzung rauszuziehen. Danach war alles gut und wir warteten auf das Nächste Ereignis.

1979 Die guten Pommes Frites!

Murad wurde erst mit sieben Jahren eingeschult. Wir wohnten bereits in Maintal. Er war immer ein ruhiges Kind und spielte gerne alleine. Er war sehr vorsichtig und zurückhaltend. Leider hatte sich erst bei der geplanten Einschulung mit sechs Jahren herausgestellt, dass er Probleme mit den Augen hatte. Meine Frau wunderte sich oft, dass er die Kastanien an den Bäumen gar nicht bemerkte. Sie dachte sich nichts dabei. Als er eingeschult werden sollte, empfahl der Arzt, mit ihm zum Augenarzt zu gehen. Er musste ein paar Jahre eine Brille tragen. Später erzählte er uns, dass er in der Nähe alles größer gesehen hätte und in der

Ferne kaum etwas. Deshalb sah er keine Kastanien an den Bäumen im Park.

Kurz vor der Einschulung gingen wir zu einem Fest auf der Hauptwache in Frankfurt, um den Kindern eine Abwechselung zu bieten. Dort stand eine Imbissbude, und wir hatten noch kein Mittagessen gehabt. Murad und Amin wollten Wurst und Pommes Frites haben, und sie bekamen gleich ihre Wünsche erfüllt. Amin aß im Stehen, aber Murad wollte sich bequem hinsetzen. In der Nähe gab es eine Bank und er eilte hin. Er fing an zu essen und wollte sich anlehnen. Dabei bemerkte er nicht, dass die Bank keine Lehnen hatte, und plumps fiel er nach hinten und traf mit dem Kopf die steinerne Einfassung eines Grünstreifens. Er blutete stark am Kopf, aber ließ seine Pommes nicht aus der Hand. Er schrie wie am Spieß, und ich eilte herbei und nahm ihn hoch. Mit einem frischen Taschentuch versuchte ich, seine Wunde am Kopf abzudrücken. Wir suchten Hilfe in einer Apotheke und kauften eine Jodtinktur. Der Apotheker riet uns, die Unfallklinik aufzusuchen, was wir sofort taten. Während der Arzt die Wunde nähte, jammerte Murad seinen Pommes Frites nach. Anschließend fuhren wir nach Hause und er beruhigte sich. Kurz bevor wir ankamen, fiel Petra auf, dass wir seine Brille im Krankenhaus vergessen hatten. Also fuhr ich schnell zurück und holte seine Brille. Er meckerte weiter und meinte, es wäre schade um die Pommes Frites, die er auf der Hauptwache verloren hatte. Nach einigen Tagen wurden die Fäden gezogen.

Kind beißt Hund

Ich hatte einen kleinen Hund von meinem Chef gekauft. Seine Frau züchtete Cockerspaniel und verkaufte sie. Petra durfte einen Welpen aussuchen, und Gaby brachte ihn samt Leine vorbei, als er 8 Wochen alt war. Schon am ersten Tag ließ ich Dahab versichern und bezahlte seine Steuer. Wir sorgten dafür, dass alles vorhanden war, was ein Hund braucht. Wir nannten ihn Dahab, was im Arabischen Gold bedeutet, weil sein Fell eine goldbraune Färbung hatte. Er gewann Schönheitswettbewerbe und begeisterte unsere Besucher.

Amin war drei Jahr alt und spielte gern mit Dahab, der spitze Zähne hatte. Er leckte unsere Finger und nahm sie manchmal ins Maul. Als er Amin dabei zwickte, packte dieser den Hund und biss ihn in den Rücken. Er schrie Dahab an, dass das nicht lieb wäre sondern weh tat.

Wir hatten unsere Wohnung neu bezogen und alle Räume hatten Teppichboden. Nur die Küche hatte PVC Boden. Deshalb sperrten wir den Welpen nachts in der Küche. Wir hatten überhaupt keine Erfahrung mit Hunden, da ich in Jordanien nie einen Hund hatte mitbringen dürfen. Meine Familie war der Meinung, dass Hunde nicht ins Haus gehörten. Alleine das Bellen war ein Grund, warum meine Eltern Hunde ablehnten. Auf dem Dorf sollten Hunde nur das Grundstück von draußen bewachen. Dahab war überzüchtet und machte seinen schönen Korb kaputt. Dahab wurde ein halbes Jahr alt und war noch nicht stubenrein. Im Auto saß er zwischen Murad und Amin und machte sein Geschäft auf Amins Hand. Wenn man nicht aufpasste, machte er auch in der Wohnung.

Wir konnten ihn nicht richtig erziehen und er wurde nicht sauber, obwohl ich sogar mitten in der Nacht im Schlafanzug mit ihm Gassi ging. Es störte mich, den Boden mehrmals in der Nacht putzen zu müssen. Am schlimmsten war, dass er draußen manchmal Hundedreck fraß.

Ich musste ihn nicht immer an der Leine führen, jedoch hörte er nicht auf mich, wenn er sich frei fühlte. Ein paar Mal kehrte ich ohne ihn nach Hause zurück, und fremde Kinder brachten ihn wieder zu uns. Als uns die selben Kinder öfter den entlaufenen Hund zurückbrachten, fragte ich sie, ob sie den Hund behalten wollten und ließ deren Eltern zu mir kommen. Mit Dahab gab ich ihnen alles mit, auch die Urkunden vom Wettbewerb.

Murad hatte keine Beziehung zu Tieren und vergaß die Geschichte, aber Amin liebte Tiere. Er zog mit achtzehn Jahren aus, und schaffte sich gleich einen Hund an, den er Nero nannte.

1980 Schwerer Abfall

Kaum waren wir mit dem Umzug fertig, fing ich an, die neue Wohnung einzurichten. Als Erstes musste ich Löcher in die Betondecke bohren, um Gardinenleisten zu montieren. Obwohl ich gutes Werkzeug besaß und handwerklich ausgebildet war, musste ich große Anstrengungen aufbringen, um wenige Löcher zu bohren. Um die Kosten zu senken, holten wir uns keine fremde Hilfe. Die Schwiegereltern waren aus Wuppertal gekommen, um die Kinder zu hüten, während Petra den Haushalt machte. Da ich zu meinem Geburtstag Geld von ihnen erhielt, kaufte ich mir eine Schleifmaschine und deponierte sie im Keller. Das Gerät wog über zwölf Kilogramm und kostete 150 DM. Der Fliesenleger war noch im Haus und war so nett, mir quadratische Fliesen zu liefern und mir zu zeigen, wie man sie verlegt. Ich war begeistert und begann den Keller zu fliesen. Unser Kellerraum war klein und ich wollte drin basteln. Es stand noch wenig darin, aber ich konnte nach meiner Arbeit immer nur eine kleine Fläche fliesen. Als Anfänger war ich stolz, dass ich die Fliesen gerade und eben verlegt hatte. Nach einer Woche Arbeit war der Keller voll mit Kartons und Zementresten. Ich hatte auch gefugt, wo der Fliesenkleber schon trocken war. Petra wischte tagsüber die getrockneten Fugen ab und kehrte den Dreck zusammen. Ich bat sie, die Abfälle wegzubringen. Dabei erwähnte ich, dass die Kartons durch den Zement schwer waren. Am selben Abend bemerkte sie, dass die Abfälle wirklich sehr schwer gewesen wären.

Der Kellerboden sah sehr gut aus, und ich fing an, Ordnung zu schaffen. Nach zwei Wochen wollte ich meine neue Schleifmaschine benutzen. Ich fand sie nicht. Sie hatte, mit Verpackungsmaterial bedeckt, im geöffneten Karton neben den Abfällen auf dem Boden gestanden, und meine Frau hatte sie offenbar mit den schweren Abfälle weggetragen, ohne den Inhalt der Kartons und Tüten zu prüfen. Wir beruhigten uns gegenseitig und erzählten den Schwiegereltern nichts davon. Ich kaufte mir eine andere Maschine und stellte sie offen auf die Werkbank. Diese habe ich noch heute.

Ein Kohl namens Fridolin

Bis Murad acht Jahre alt war, gingen beide Söhne mit in den Garten. Das Grillen machte uns allen Spaß und wir waren jedes Wochenende auf dem Grundstück. Meine Frau und ich pflanzten viele Arten von Gewürzen, Gemüse und Obst. Jedes Jahr brachte ich exotische Pflanzen aus Jordanien mit und versuchte sie im Garten zu ziehen. Es gelang uns, verschiedenes Gemüse erfolgreich zu vermehren. Die Kinder spielten auf dem Grundstück und die frische Luft tat uns allen gut. Sie interessierten sich kein Bisschen für die Früchte und Ernte.

Murad hockte sonst in seinem Zimmer und beschäftigte sich mit technischen Bauteilen. Amin wollte immer draußen spielen und mit anderen Kindern Unsinn treiben. Einmal kam er fröhlich nach Hause und präsentierte eine Pflanze, die er auf dem Feld bewundert und ausgegraben hatte. Er war sehr stolz und glücklich, weil er die Wurzeln dabei nicht beschädigt hatte. Er nannte dieses Ding Fridolin und wollte es in seinem Zimmer pflanzen. Es sah wie Unkraut aus, doch Petra half ihm, das grüne Etwas im Blumentopf aufzuziehen. Er kümmerte sich liebevoll um seinen Fridolin. Wenn er von der Schule zurückkam, war seine erste Tat, die Pflanze an seinem Fenster zu betrachten und zu bewässern. Es sah so aus, als ob er einen großen Schatz gefunden hätte und ihn behüten wollte. Wir hatten auch Spaß daran. Er strahlte Liebe und Hoffnung aus und Fridolin war sein einziges Thema. Erst Wochen später waren wir sicher, dass es sich um Rosenkohl handelte. Trotzdem wollten wir seine Träume nicht zerstören und boten ihm an, die Pflanze in den Garten zu bringen. Er lehnte dies ab und freute sich, dass die Pflanze immer größer wurde. Leider merkten wir zu spät, dass sein Blumentopf überschwemmt war. Obwohl er aufhörte, Fridolin zu begießen, konnte man die Pflanze nicht mehr retten. Er meinte Fridolin wäre krank geworden und bat uns, ihm zu helfen. Fridolin war ihm wie ein Freund an seinem Herz gewachsen. Er litt und wir mit ihm, da die Pflanze einging. Er weinte bitterlich und begrub die Pflanze auf dem Feld an der gleichen Stelle, wo er sie gefunden hatte. Seine Enttäuschung war so groß, dass er jahrelang keine Pflanzen sehen wollte.

1981 Bäume kriegen Beine

Ich sehnte mich nach einem Grundstück um es in der Freizeit zu bepflanzen. Ich gab es nie auf, nach einem Gartengrundstück zu suchen. Entweder waren die Grundstücke weit entfernt, verbaut, steil oder sie waren unerträglich teuer. Ich wollte einen eigenen Garten kaufen, da wir mit Pachtgrundstücken nicht zurecht kamen. Die Lage einer Bauernwiese in Kilianstädten gefiel mir, und der Preis war akzeptabel. Also kaufte ich das Grundstück und wir bepflanzten es. Ein Bauer hatte diese Wiese jahrelang als Pächter genutzt und zeigte seine Zähne, als ich ihm unsere Absicht mitteilte. Fortan war er uns feindselig gesinnt. Er tat alles, um uns zu ärgern. Trotzdem versuchten wir, gute Nachbarn zu bleiben.

Da ich an meinem Arbeitsplatz lange sitzen musste, fand ich in Gartenarbeiten einen guten Ausgleich. Mit meiner Frau pflanzte ich Bäume, Sträucher und Gemüse. Ich legte mit Waschbetonplatten Wege an und umrandete die Beete. Nach Rücksprache mit dem Bauamt kauften wir eine Holzhütte und ließen die Werkzeuge darin. Später kämpften wir mit den Behörden, weil nach einem neuen Gesetz eine Hütte dieser Größe genehmigungspflichtig wäre und die Stadt sie nicht mehr dulden wollte.

Mit viel Arbeit, Geduld und Geld wurde das Grundstück wie ein Garten am Haus. Wir verbrachten mit unseren Kindern alle freien Tage dort und wollten die Natur genießen. Die Bäume und Sträucher waren schnell gewachsen.

Vor Weihnachten kauften wir immer Tannenbäume mit Wurzeln und pflanzten sie im Frühjahr auf dem Grundstück. Am Anfang weinten die Kinder, wenn ein Baum aus dem

Garten verschwand. Wir gingen zur Polizei und konnten nichts erreichen. Auch die Versicherungen waren uns keine Hilfe. Später verschwanden Bäume, die über drei Jahre im Boden gewesen waren. Wir ließen ein Schwimmbecken liefern. Es kostete 600DM und wurde in einen Graben eingelassen. Die Kinder badeten einmal ihre Füße darin, bevor er spurlos verschwand. Auch Betonplatten wurden weggetragen und die Hütte oft aufgebrochen. Als mein dreijähriger Magnolienbaum verschwand, mochte ich kein Geld mehr in die Sache investieren. Wir fanden uns damit ab, und ich suchte mir andere Hobbys.

Eines Tages mussten wir die Hütte abbauen, weil die Gemeinde es so wollte. Das komische dabei war, dass sie uns anboten, ihnen das Grundstück für wenig Geld zu überlassen.

1982 Spät geschaltet

Fadil lernte ich in der Türkei kennen. Sein Vater war lange Zeit Kultusminister in Jordanien. Wir gingen hin und wieder in einem berühmten Restaurant zum Essen. Obwohl wir sehr verschieden waren, wurden wir fast echte Freunde. An meinem letzten Tag in Istanbul begleitete er mich zum Hauptbahnhof. Wir machten aus, dass ich ihm aus Stuttgart schreiben würde und er sollte meine Briefe an meinen Vater weiterleiten. Ich wollte nicht auffallen, falls ich etwas länger in Deutschland bleiben sollte. Als er sein Studium in Istanbul abbrach, musste ich meine Briefe nach Amman einstellen. Mein Aufenthalt dauerte länger als geplant, und mein Studium in der Türkei war ins Wasser gefallen. Für mein Versagen, wollte ich mich selbst bestrafen. Leider mussten meine Eltern leiden, weil sie kein Lebenszeichen von mir bekamen. Sie suchten Fadil auf und drängten darauf, dass er offenbarte, was mit mir los war. Er gab ihnen den Tipp, dass ich nach Deutschland eingereist war. Bald schalteten sie die jordanische Botschaft in Bonn ein und baten sie um Auskunft über meinen Verbleib. Die Botschaft suchte nach mir und wurde fündig. Man ließ mich wissen, dass meine Familie in Sorge war. Es blieb mir keine andere Wahl, und ich schickte meinem Vater eine Nachricht auf einer kleinen Schallplatte, die man in einer Automatenzelle besprechen konnte. Diese Tonträger waren sehr beliebt, weil die meisten keinen Telefonapparat besaßen. Eine Schallplatte zu besprechen ging schneller, als einen Brief zu schreiben. Man musste zwei Mark in den Automaten einwerfen und konnte drei Minuten sprechen. Anschließend kam eine kleine Schallplatte heraus. Es folgte ein passender Briefumschlag für den Versand. Diese Automaten wurden 1963 abgeschafft, da sie oft demoliert wurden.

Mein jüngster Bruder lernte den Inhalt meiner Nachricht auswendig und fand Gefallen an meiner traurigen Stimme. Jedes Mal, wenn er es zitierte, weinten meine Eltern.

Fadil besuchte mich 1968 in Stuttgart und verbrachte einen Teil seines Urlaubs mit mir. Wir hatten viel Glück, dass wir Konzerte im freien miterlebten. Tom Jones sang zwei Stunden lang. Als Fadil zurück wollte, verkaufte ich ihm meine Goldmünzen. Er ließ mir auch Geld in der Schublade, um Werkzeuge zu kaufen. Ferngespräche wurden einfacher und billiger. Fadil hatte einen Laden für Autoersatzteile in Jeddah gegründet und beantwortete meine Post. Später telefonierte ich gelegentlich mit ihm.

Die Goldmünzen waren 1980 um das zwanzigfache im Wert gestiegen. Das war für mich nicht von Bedeutung, da ich nur noch Silbermünzen sammelte. Ich vergaß auch den letzten Deal mit meinem Freund.

Fadil kam uns 1982 mit seiner Familie besuchen. Über meinen Arbeitgeber vermittelte ich ihnen eine Suite im Holiday Inn Hotel in Frankfurt für zwei Wochen. Er mietete ein großes Auto und wir machten Tagesausflüge mit allen Kindern. Seine drei Kinder waren etwas älter als unsere zwei. Alle Kinder spielten draußen im Regen Fußball. Der September war regnerisch, aber sie waren vom Wetter sehr begeistert! Jeddah war klimatisch ungünstig heiß und feucht. Für sein neues Haus in Mecca kaufte er bei Hertie Kristall-lüster für zwanzigtausend DM und nahm sie mit.

Seine Frau half meiner, etliche Male arabisches Essen bei uns zu kochen. Er fragte mich, ob ich noch Münzen sammelte. Ich holte meine Sammlung heraus und zeigte sie ihm. Ich hatte fast wie einen Profi gesammelt. Ich besaß von allen Ländern der Welt schöne Silbermünzen. Ich war sehr überrascht, als er fragte, ob dies alles wäre. Als ich seine Frage bejahte, zeigte er sehr wenig Interesse für die vorhandenen Münzen. Erst am Flughafen kam ich darauf, was er für Münzen suchte! Ich hatte keine Goldmünzen mehr. Was er vierzehn Jahre zuvor an Münzen mitgenommen hatte, könnte nun ein Vermögen sein. Gold kann die Freundschaft nicht erschüttern. Oder doch?

Murads Traum vom Haus

Ich beschäftigte mich lange mit Tierkreiszeichen und mit Charakteren. Mit fremden Menschen hatte ich es leichter. Auch Handlesen und Kaffeesatzlesen interessierten mich sehr. An der Universität in Istanbul besuchte ich psychologische Vorträge.
Ausgerechnet hatte ich Probleme, meine Kinder zu kennen. Sie waren Gegensätze. Amin war sehr aktiv und spontan. In der Schule konnten ihn seine Lehrer nicht verstehen. Murad war ein ruhiges Kind und absolvierte das Abitur ohne Probleme. Trotzdem konnte ich seine Charaktereigenschaften nicht durchblicken. Er konnte stundenlang in seinem Zimmer spielen, und war lieber alleine. Erst mit zwölf Jahren fing er an, Sachen zu erzählen, die nur in seiner Phantasie existieren konnten. Ich hörte gerne zu und glaubte mehr über ihn zu wissen. Er beschrieb Lebewesen auf verschiedenen Sterne, die sogar die Sciencefictionfilme übertrafen. Ich freute mich über seine Denkweise und versuchte, mit ihm über die Zukunft zu reden. Er war nicht erstaunt, wenn seine Erzählungen Wirklichkeit wurden.
Als wir über Wohnräume sprachen, meinte er, später ein großes Haus zu bauen. Seine Beschreibung nach, hätte das Haus drei Stockwerke mit insgesamt 1800 Quadratmetern. Ich ließ nicht locker und schlug vor, dieses Objekt in

Jordanien zu verwirklichen, weil ich große Grundstücke dort besaß. Er lehnte das immer ab, und wollte das Haus in Deutschland haben. Ich wiederholte meinen Vorschlag jedes Jahr, und glaubte an ihn. Erst als er dreißig geworden war, verlor ich die Hoffnung, so ein Projekt zu verwirklichen, und verkaufte meine Grundstücke in Jordanien. Ich hätte seinen Traum wahr machen können, wenn er mit mir einig gewesen wäre. In Deutschland kostete alleine das Grundstück Millionen. Mit wenig Geld hätte ich für Tourismus ein großes Hotel in Jordanien bauen können. Leider gab ich auch die Idee auf, weil Murad mit 34 Jahren noch studiert und bei uns wohnt.

1985 Ein Sack voller Münzen

Ich besuchte regelmäßig den Flohmarkt in Sachsenhausen und war begeistert, da ich Werkzeuge und Gießmaterial in Hülle und Fülle erwerben konnte. Ich bezahlte hohe Preise für Zinnlegierungen in den Bastelgeschäften. Nachdem Gold und Silber hoch im Kurs waren, fing ich an, Zinnsoldaten zu gießen. Ende der Siebziger Jahren stiegen die Preise des Goldes so, dass viele Leute im Orient ihre Kronen und Eheringe verkauften. Man feilte Silberbestecke an, um den Silbergehalt zu erkennen, wenn sie keinen Stempel trugen. Meine Frau hatte eine Lehre als Silberschmiedin abgeschlossen und zeigte mir, wie man Schmuck machte. Das Kilogramm Gold kostete damals viertausend DM und 1979 wurde es zwanzig Mal so viel.

Durch das Handeln auf dem Flohmarkt lernte ich eine ältere Dame kennen und traf sie immer wieder an ihrem Stand. Sie verkaufte allerlei Sachen und besserte damit ihre Witwenrente auf. Sie offenbarte mir, dass sie auch zum Sperrmüll ginge, um brauchbare Sachen zu holen. Ich fuhr sie auch manchmal mit ihren Sachen zum Flohmarkt und half ihr beim Aufbau. Später bot sie mir an, meine unerwünschten Sachen zu verkaufen. Mit meinem verdienten Geld, konnte ich Metalle kaufen. Unsere Bekanntschaft festigte sich, da sie so ehrlich und treu war. Selbst nach zwanzig Jahren Freundschaft sprechen wir uns nur per „Sie" an. Jahrelang gab es Gemeinden, die vierteljährlich zu festen Terminen Sperrmüll abholen ließen. Es gab Straßen und Orte, deren Einwohner sogar ungebrauchte Gegenstände wegwarfen. Anfänglich begleitete ich meine Bekannte mit ihrem Partner zu Sammelstellen, und er lud die ausgewählten Sachen in mein Auto. Jahre später war ich nicht abgeneigt, auch für mich Sachen zu sammeln. Man nannte es „Müll" und wollte es los haben, wo andere Leute damit Freude hatten. Es gab alte Fahrräder, Bilder, Wanduhren und Elektrogeräte. Als die Gemeinden keine Sperrmüllsammler mehr dulden wollten, hörte der Luxus auf. Früher verdiente ich gut, aber die Gier zog mich auf die Straße. Ohne Streit erhielt ich die Hälfte vom Gewinn. Sperrmüll finden und zum Flohmarkt fahren, war eine Gewohnheit geworden. Es war legal, Geld von den Straßen zu holen. Denn der Müll wurde einfach verbrannt und mit ihm gute und schöne Dinge.

Einmal fuhren wir nach Kilianstädten und füllten das ganze Auto mit Sperrmüll. Das war auch das erste Mal, dass echte Gier in mir erwachte! Während sie Sachen auflud, entdeckte ich einen Sack, der in einer Ecke lag und befühlte den Inhalt von Außen. Ich hatte keine Zeit, den Sack vor Passanten aufzuschnüren, und glaubte Münzen gefunden zu haben. Der Sack sah neu aus und sein Gewicht war erfreulich. Ich schnappte ihn und schob ihn ganz in das hinterste Eck des Kofferraums. Keiner beobachtet meine schnelle Entscheidung. Ich fuhr meine Bekannte nach Hause und lud alles ab. Den Sack hielt ich zurück. Am nächsten Tag trug ich ihn in meine Wohnung und war auf den gefundenen Schatz sehr gespannt.

Schon bevor ich den Inhalt betrachten konnte, bekam ich ein schlechtes Gewissen, weil ich meiner Bekannten nichts anmerken ließ. Der Inhalt war eine große Überraschung: Es waren ungefähr zehn Kilogramm alte Knöpfe! Wir schleppten die Knöpfe jahrelang zum Flohmarkt und konnten sie nicht verkaufen. Als die Dame nach fünf Jahren die Knöpfe für fünf DM abgab, beichtete ich ihr, was meine Seele quälte. Wir lachten sehr oft über meinen schwachen Charakter. Gott verzeihe mir!

1986 Zinndeckel

Für das erste Kilogramm Zinnlegierung bezahlte ich im Bastelgeschäft über hundert Deutsche Mark. Die ersten Formen waren aus Hartgummi und wahnsinnig teuer. Nach und nach wollte ich größere Figuren gießen. Ich war von Schachfiguren angetan und fertigte einen Satz an. Vor lauter Begeisterung wollte ich andere Figuren machen. Auf den Flohmärkten hamsterte ich eine Menge von Metalltellern. Als ich die Teller einschmelzen wollte, war ich entsetzt, weil ich damit keinen Erfolg hatte. Ich schnitt einige in Stücke und war enttäuscht, dass sie sich nicht schmelzen ließen. Nach vielen Versuchen griff ich auf Chemiebücher zurück und stellte fest, dass diese Teller alle aus Zink waren. Ein Kollege im Geschäft nahm die dreißig verbliebenen Teller in Empfang und leitete sie an eine Blindenwerkstatt weiter. Zum Glück hatte ich inzwischen eine Firma ausfindig gemacht, die verschiedene Metalle zum Verkauf anbot. Dies war ein Triumph für mich, da die Preise erschwinglich waren. Alle paar Wochen kaufte ich zwanzig Kilogramm Zinnlegierung und konnte mit dem Basteln weitermachen. Inzwischen besorgten mir meine Kameraden Mengen an Zinn zu niedrigen Preisen. Ein Bekannter kündigte an, dass sein Arbeitgeber umziehen wollte und den Mitarbeitern alles billig zu kaufen anbot. Der Freund dachte an mich und ließ sich alle Reste an Zinn reservieren. Er lagerte vieles im Hof, bis ich mir die Sachen ansehen konnte. Er stapelte große Mengen an verschiedenen Zinnlegierungen und ließ die schweren Kästen am Boden stehen. Sie waren voll mit Lötresten. Er verkaufte mir fast eine Tonne Zinn für wenig Geld. Da wir zu dieser Zeit auch umziehen wollten, half er mir die Teile in unsere Gartenhütte zu bringen. Ich sah von den Lötresten ab, da sie sehr schmutzig waren und beim Schmelzen im Keller einen üblen Gestank verursachten.

Nach gründlichen Zinngehaltstest, kaufte mir die Metallverkaufsfirma die sechshundert Kilogramm, ab. Ich lernte neue Flohmärkte kennen und besuchte sie, so oft ich konnte. An manchen Wochenenden verbrachte ich mehrere Stunden auf verschiedenen Flohmärkten. In den letzten Jahren nahmen die Flohmärkte zu und manche wurden an Wochentagen geöffnet. Leider bekommt man heute mehr neue Ware als Trödel. Ich ging an einem sonnigen Samstag zu dem Flohmarkt in Offenbach. Er gehörte zu dieser Zeit zu den größten Flohmärkten der Region, da der Frankfurter Flohmarkt geschlossen wurde. Meine Tragtasche war bereits mit Schnäppchen gefüllt. Ich hörte, wie eine Frau an einem Stand laut mit dem Standhalter diskutierte. Ich wurde neugierig und lauschte dieser Unterhaltung. Der Mann hielt in jeder Hand einen Bierkrug aus Glas und pries seine Ware an. Er wollte sechzig DM pro Stück und fügte hinzu, dass die Becher alt waren und Zinndeckel hatten. Die Frau wollte nicht handeln und verlor das Interesse an der Ware. Der Verkäufer setzte den Preis immer tiefer und ärgerte sich, dass die Frau weiterlaufen wollte. Zum Schluss schrie er laut, dass die Leute nicht kaufen wollten. Er bemerkte mich und schimpfte gewaltig, dass er es für zwanzig DM abgeben würde! Ich hatte überhaupt kein Interesse. Als er mein dummes Gesicht sah, brüllte er und behauptete, dass die Leute nur spazieren gingen. Mit voller Kraft warf er beide Becher Richtung Main. Ich lief schnell weg und wunderte mich, wie die Menschen so wütend sein können. Auf dem Rückweg holte ich die Zinndeckel für meine Arbeit.

1987 Eine Tasse Kaffee für 250 DM

Meine Frau besuchte eine alte Bekannte in Stuttgart und wollte eine Woche bei ihr verbringen. Sie besaß eine gültige Rückfahrkarte für die Bundesbahn. Marlis freute sich über Petras Besuch, und die zwei amüsierten sich gut. Am letzten Tag setzte Marlis Petra auf dem Weg zur Arbeit am Hauptbahnhof ab. Der nächste Zug nach Frankfurt wäre zwei Stunden später abgefahren. Deshalb ging Petra eine Tasse Kaffee trinken. Auf dem Weg zum Bahnhof wurde ihr schlecht und sie wurde ohnmächtig. Erst im Krankenhaus erfuhr sie, dass sie mit einem Rettungswagen eingeliefert worden war. Sie sollte mindestens einen Tag zur Beobachtung dort bleiben. Kaum war der behandelnde Arzt außer Sicht, ergriff sie die Flucht. Als der Schaffner im Zug die Fahrkarten kontrollieren wollte, stellte sie fest, dass ihr Geldbeutel und die Fahrkarte abhanden gekommen waren. Der Schaffner musste ihr eine neue Fahrkarte ausstellen, nachdem er die Personalien aufgenommen hatte. Der neue Fahrpreis war erhöht und musste innerhalb von zwei Tagen bezahlt sein.

Es war verabredet, dass sie von unserer Nachbarin vom Bahnhof abgeholt werden sollte. Nach längerer Zeit gab Uschi die Warterei auf und kam zurück nach Hause. Von Petras Pech ahnten wir nichts. Am Frankfurter Hauptbahnhof hatte sie kein Geld zum Telefonieren. Als Uschi berichtete, dass Petra nicht im verabredeten Zug gewesen war, erschraken wir. Ich rief unsere Bekannte in Stuttgart an und beunruhigte sie. Sie konnte nicht verstehen, dass meine Frau um acht Uhr abends noch nicht bei uns angekommen war. Sie erkundigte sich vergeblich bei der Polizei und in Krankenhäusern. Ich war fest entschlossen, in mein Auto zu steigen, um sie in Stuttgart zu suchen. Sie begegnete mir auf dem Weg zum Auto und war stolz, vom Hauptbahnhof gelaufen zu sein. Sie erzählte kurz und schnell was passiert war, damit die Kinder sich beruhigten und ins Bett gingen. Der kurze Urlaub war sehr teuer und rund gerechnet war der Kaffee das teuerste an der Reise. Als Araber akzeptierte ich alles, so wollte es das Schicksal haben.

1989 Nur eine Olive

Schon als Baby bekam ich eingemachte Oliven zum Essen. Dies gehörte zur Hauptnahrung im Winter. Sie waren immer lecker. In jedem Haushalt wurden zentnerweise Oliven verarbeitet. Viele Familien hatten einen Olivenbaum am

Haus. Ich fragte nie, warum es Oliven in verschiedenen Farben gab. Später ließ ich einige hundert Bäume auf mein geerbtes Grundstück pflanzen. Ich hatte viel Freude daran, vor allem nachdem ich das aus meinen Oliven gepresste Öl genießen durfte.

Ich lief mit einem Neffen von meiner Plantage zum nächsten Dorf, wo er als Schreiner arbeitete, und er beglückte mich mit einer Holzvase, die er extra für mich hergestellt hatte. Der Weg war asphaltiert, aber menschenleer. Wir liefen gemütlich den Berg hinab, und dies war leicht zu verkraften. Der Rest des Weges war sehr anstrengend und führte bergauf. Kurz vor unserem Ziel blieb ich stehen, um eine Olivenplantage zu bewundern. Viele Bäume ragten über den Zaun. Olivenbäume bleiben immer grün und ertragen den Staub, der sie grau färbt.

Ibrahim meinte, dass die Farm meiner Schwester gehöre. Das erhöhte meine Neugier, und ich schaute die Früchte näher an. Diese Oliven waren sehr groß, aber noch nicht reif. Ohne zu überlegen nahm ich eine Olive und steckte sie wie eine Erdbeere in den Mund. Sie war bitter, aber ich wollte sie nicht ausspucken. Je mehr ich die Frucht zerkaute, desto mehr biss ich die Zähne zusammen. Es war bitter, sauer und ungewohnt. Es war eine Quälerei, die ich nicht zugeben wollte. Das Aroma erinnerte an Diesel und Erdöl. Ich hatte den Geschmack den ganzen Tag im Mund und konnte ihn nicht loswerden. Ich erzählte jedem, den ich kannte von meinem Problem. Viele meinten, es sei der Staub, der mir die Probleme machte. Ich probierte sonst viele Früchte, die noch nicht reif waren, aber konnte das nicht verstehen, denn eine unreife Beere kann man schnell vergessen.

1992 Fliege in der Milch

Ich lasse die Fliegen in Ruhe, solange sie mich in Ruhe lassen. Allerdings werde ich nervös und rege mich auf, wenn eine Fliege auf meinem Essen landen will. Zugegeben, ich reagiere empfindlich auf solche Insekten. Bienen lassen mich in Ruhe trinken und essen. Schon als Kleinkind erklärte man mir, dass Fliegen Krankheiten mit sich bringen. Man warf einen Teil des Essens weg, wenn eine Fliege darauf gelandet war. Ich fühle mich sehr schlecht, wenn man afrikanische Kinder im Fernsehen zeigt, die ihr Gesicht voll mit Fliegen haben. Kleine Kinder verscheuchen die Fliegen nicht. In Deutschland hat man weniger Fliegen im Sommer, wenn der Winter sehr kalt war. Manche Leute lassen sich von Fliegen nicht stören. Auch beim Metzger und Bäcker kann man im heißen Sommer Fliegen sehen. Ich verließ deshalb oft eine Metzgerei oder Bäckerei, ohne etwas zu kaufen. Seit Jahrzehnten esse ich morgens einen Apfel zum Frühstück. Ich trank jahrelang kalte Milch dazu, bis ich zunahm. Heute trinke ich lieber einen Schwarzen Tee und esse morgens und abends nur Kleinigkeiten. Im Esszimmer sitzt meine Frau immer mir gegenüber am runden Tisch und trinkt ihren Kaffee.

Einmal sprang mir ein Apfelkern davon, und ich wusste nicht, wo er gelandet war. Ich vergaß ihn und trank meine Milch weiter. Plötzlich spürte ich etwas im Mund und glaubte, eine Fliege in der Milch zu haben. In meiner Aufregung spuckte ich, was ich im Mund hatte, so weit, dass ein Teil meine Frau traf. Ich war so entsetzt, weil ich einmal sah, wie ein Vetter eine Fliege geschluckt hatte. Ich konnte mich erst beruhigen, nachdem sich herausstellte, dass der Apfelkern auf Petras Bluse gelandet war. Es war sehr peinlich, aber menschlich. Manche Reaktionen kann man leider nicht bremsen.

1993 Murad und der fleischfressende Hobel

Ich hatte Handwerk erlernt und ein Praktikum für mein Studium an der Ingenieurschule absolviert. Obwohl ich später keinen handwerklichen Beruf ausübte, konnte ich auf allen Gebieten basteln und damit Freude haben. Ich besaß sehr viel Werkzeug und verwendete es fast täglich. Unsere ersten Betten und Schränke zimmerte ich alleine und baute andere Gegenstände für den täglichen Gebrauch. Murad machte eine Lehre als Elektroniker. Das ist ihm als Hobby geblieben, weil er weiter studieren wollte. Er mochte immer alleine basteln und verkroch sich in seinem Zimmer. Er nutzte jede Gelegenheit, viele Geräte und Apparate zu zerlegen. Manchmal ging es ihm nur um Magnete, die er ausbaute und sammelte. Er kaufte sich gutes Werkzeug und wollte mit meinen Sachen weniger arbeiten. Er war der Meinung, mein Werkzeug wäre für seine Arbeiten nicht geeignet. Am Anfang bezahlte ich überteuerte Preise für normale Werkzeuge. Durch die Flohmärkte sparte ich viel Geld, und konnte Spezialwerkzeuge günstig bekommen. Dies verführte mich, mehr Geräte anzuschaffen. Auch elektrische Maschinen kaufte ich doppelt und dreifach.

Murad strahlte, als er meine elektrische Hobelmaschine sah. Sie war ganz neu und sah gut aus. Bevor ich sie forträumen konnte, wollte Murad sie gleich testen. Er war skeptisch, weil ich die Maschine sehr günstig bekommen hatte. Es dauerte nur wenige Minuten, bis er das erste Geschrei von sich gab. Er hatte aus Versehen seinen Fuß gehobelt und blutete stark. Die Maschine war nicht schlecht, aber er hatte sie falsch eingesetzt. Ich gab die Maschine weg und gab ihm den guten Rat, mehr auf seine Körperteile zu achten. Es dauerte eine Ewigkeit, bis er nicht mehr von dem Unfall sprach.

Ibo der Schreckliche

Ibo ist eine Abkürzung für Ibrahim. Ich habe viele Vetter und Neffen, die so heißen. Einer von ihnen besuchte uns in Maintal und blieb einen Monat in der Familie. Danach musste ich ihn bis zum Flugzeug begleiten, weil er nicht aus Deutschland weg wollte. Er war in einer Schreinerei tätig und stellte mir seinen Chef vor, der angeblich große Maschinen aus Deutschland importieren wollte. Er erledigte kleine Aufträge für mich am Ort und schien fleißig zu sein. Ich hatte keine Bedenken, den Vetter nach Deutschland einzuladen. Ich bot ihm an, für vier Wochen bei uns zu wohnen. Wir vereinbarten, dass er seinen Flug selbst bezahlte. Die ersten Tage verbrachte er friedlich mit uns und bekam viel von der Gegend zu sehen. Er gab an, dass die Schreinerei ihm einen Betrag von zehntausend DM zu Verfügung gestellt hätte, um dafür gebrauchte Geräte zu kaufen. Erfahrene Freunde von mir halfen uns bei der Suche und ich telefonierte ununterbrochen, um günstige Maschinen zu finden. Ich wurde nicht misstrauisch, als er immer wieder erwähnte, dass die Angebote seinen Wünschen nicht entsprachen. Wegen der hohen Telefonkosten war ich nicht sauer, denn der Vetter war nur einmal zu Besuch. Er ist der jüngere Sohn meines ältesten Bruders der mich in meiner Kindheit am meisten gepiesackt hatte. Da ich nicht nachtragend bin, wollte ich alles für Ibo tun. Er kochte jordanische Gerichte und bügelte sogar meine Oberhemden. Meine Frau und meine Kinder waren zuvorkommend zu ihm. Auch Kameraden meiner Kinder kümmerten sich um ihn. Das Sportrad von Murad demolierte er beim ersten Ausflug. Mein Sohn ist darüber bis heute sauer, aber Ibo ließ ich nichts merken. Ich fuhr einige Male mit ihm nach Frankfurt und zu Flohmärkten und kaufte ihm was er wollte. Nur zweimal zog er alleine los und gab später zu, im Rotlichtviertel gelandet zu sein. Erst am Ende der dritten Woche zwang ich ihn, mir die Wahrheit zu beichten. Er hatte in Wahrheit kein Geld seines Chefs dabei und wir gaben die Sucherei nach Maschinen auf. Er hatte nur noch eine Woche Aufenthaltserlaubnis und wir wollte ihn langsam nach Hause schicken. Ich rief die Fluggesellschaft an, um für ihn den Rückflug buchen zu lassen. Er besaß keinen Rückflugschein und wollte mit Bus und Bahn zurück in die Heimat. Zwei Tage vor seiner Abreise akzeptierte ich seine Wünsche und machte ihn darauf aufmerksam, dass er Visa für die Durchreise brauchte. Nach seiner Entscheidung brachte ich ihn zum Bus, der nach Istanbul fuhr. Am Schalter stellte ich fest, dass er nicht einmal das Geld für die Rückreise besaß. Ich war wütend und wollte ihn los werden. Also bezahlte ich etwa 400 DM am Schalter und gab ihm noch 100 DM für Spesen. Ich verstand nicht, dass er immer behauptet hatte, Geld zu haben. Er ließ drei große Koffer in den Bus laden

145

und nahm die übrigen Tüten auf den Schoß. Petra hatte ihm viel Proviant und fast drei Kilo Schokolade für seine Geschwister in Jordanien eingepackt.

Ich fuhr am gleichen Tag zu meiner Schwiegermutter nach Wuppertal und wollte dort am Sonntag den Jahresflohmarkt kennen lernen. Als ich vom Flohmarkt zurückkam, erwartete sie mich. Sie meinte aufgeregt, Ibo sei wieder in Maintal und meine Frau hätte ihm das Taxi bezahlt. Ich fuhr sofort und so schnell ich konnte nach Hause. Er hatte kein schlechtes Gewissen und erzählte mir, die Österreicher hätten ihn nicht durchgelassen. Von den drei Koffern war bloß noch einer da und die Tüten waren weg. Das Reisebüro erstattete keinen Pfennig und er konnte mir nicht sagen, wo seine Sachen geblieben waren. Ich hatte ihm einen elektrischen Hobel und eine neue Bohrmaschine mitgegeben. Für Ersatzteile war ich auch nicht kleinlich. Ich war böse auf ihn, buchte eine Rückflugkarte und passte auf, dass er nicht abhaute. Ich bezahlte siebenhundert DM am Flughafen. Er schwor mir, alles in Jordanien wieder zurück zu geben. In den letzten Minuten wollte er sein Kleingeld gegen Scheine austauschen. Ich warnte ihn, noch mehr Lügen zu erzählen. Trotzdem gab ich ihm einen Schein für alle Fälle. Als ich später seinen Vater nach Geld fragen wollte, regte sich dieser auf und behauptete, er wüsste nichts von seinem Sohn. Er machte mir sogar Vorwürfe, Ibrahim überhaupt empfangen zu haben.

1996 Bienenstiche

Mein ältester Bruder baute sein Haus außerhalb eines Dorfes und wohnte mit seiner Familie dort. Es war nicht einfach, von Amman aufs Land umzuziehen. Am Anfang hatte er keinen Strom. Das Telefon wurden erst Jahre später angeschlossen. Zentralheizung war ein Luxus, den er nicht haben konnte. Seine Kinder mussten einige Kilometer zur Schule laufen, und wenn einmal hoher Schnee lag, waren alle von der Welt abgeschnitten. Er hielt mit seiner Familie diese Umstände aus, bepflanzte das große Grundstück und biss sich durch. Er musste einen Wachhund halten, weil die Gegend noch unsicher war. Es dauerte ziemlich lange, bis er Obst, Gemüse und Hühnereier auf seinem Grundstück ernten konnte.

Mein jüngerer Bruder ließ sich auch ein Haus in der Nähe bauen, und bewohnte es am Wochenende. In dieser Gegend erbten wir Grundstücke von meinem Vater, der sie von seinem Vater geerbt hatte. Ich war auch mutig und beauftragte meine Brüder, mir eine kleine Plantage einzurichten.

Sameh genoss die frische Luft mit seiner Familie und versuchte, alles auf dem Grundstück anzubauen. Außer Reis und Zucker hatte er fast alles. Er wollte mehr erreichen und fing an, Bienen zu züchten. Auch Faisal wollte Honig verkaufen. Ich war nicht begeistert, als ich sah, dass Sameh seine Bienenvölker auf meinem Grundstück platziert hatte, ohne mich gefragt zu haben. Ich schwieg, weil er sich um meine Bäume kümmerte.

Die Brüder freuten sich auf den Honig, den sie drei Jahre ohne Problem bekamen. Ich durfte den Honig probieren, trotzdem machte ich beide aufmerksam, dass sie mehr Wissen brauchen, um Imker zu spielen. Wie immer wollten sie auf mich nicht hören. Sie fingen an, ihre Gewinne durch die Bienen zu berechnen.

Die Bienen in der Gegend wurden krank und benahmen sich wild. Dies erschreckte meine Brüder nicht. Als Sameh etwas dagegen unternehmen wollte, griff ihn ein großer Schwarm an, und er wurde von über fünfzig Bienen gestochen. Er hatte Glück und blieb nur eine Woche im Krankenhaus. Als er zurück kam, wollte er Faisal vor Bienenstichen warnen. Dieser lachte, und wollte den Raum für die Bienen vergrößern. Er hatte Pech, die Bienen griffen ihn ebenfalls an. Es waren mehr Stiche als bei Sameh, und er verbrachte einen Monat im Krankenhaus. Sie hatten vergessen, dass Bienen in der Hitze unruhig werden. Diese Ereignisse waren hart. Sie gaben die Bienen und ihren Honig auf.

1997 Ich hätte eine Motorsäge gekauft

Petra wollte das Gartengrundstück in Frankfurt nur zur reinen Erholung haben. Ich war einverstanden, keine Beete anzulegen. Davor hatten wir immer Gemüse angepflanzt, und im Garten nur gearbeitet, statt uns im Grünen zu erholen.

Viele Bäume und Sträucher überwucherten das Grundstück, und wir wollten einige absägen. Mit einer gemieteten Motorsäge machte sich Murad an die Arbeit. Nach einer Woche waren fast alle Bäume abgesägt. Eine Firma lud die Abfälle in einen Laster und brachte alles weg. Danach überlegten wir die weiteren Schritte.

Amin, der nicht mehr bei uns wohnte, hatte vorgeschlagen, eine Motorsäge zu kaufen, um alles langsamer anzugehen. Ich hatte mich in der Eile entschieden gehabt, einen Häcksler zu kaufen, um die dünnen Äste zur Kompostierung vorzubereiten. Das Gerät wurde sechs Wochen nachdem die Äste abtransportiert worden waren geliefert. Murad und ich testeten das teuere Gerät, das wir nicht wirklich gebraucht hätten. Die Maschine blieb über zwei Jahre in der Hütte, ohne wirklich Arbeit zu verrichten. Gelegentlich nahmen wir sie eine halbe Stunde in Betrieb und warteten sie, damit sie betriebsbereit blieb. Dann ließen wir die Hecken zurückschneiden, und wollten den Häcksler einsetzen. Petra sammelte die Äste und ich ließ den Häcksler laufen. Es lief alles wunderbar. Es war anstrengend, deshalb arbeiteten wir täglich nur eine Stunde. Jedes Mal kontrollierte ich alles, füllte Benzin nach, und am Ende putzte ich das Gerät. Nach insgesamt vier Stunden Betrieb gab es einen gewaltigen Knall und große Metallstücke flogen umher. Ich stand zum Glück hinter dem Gerät und wurde deshalb nicht verletzt. Doch Petra war so erschrocken, dass sie glaubte, ich wäre getroffen worden. Der Motor hatte ein mehr als faustgroßes Loch. Ich sammelte die Teile ein, die ich auffand und fuhr mit meiner Frau zu dem Laden, bei dem wir die Maschine gekauft hatten. Der Verkäufer konnte den Vorfall nicht fassen und kontaktierte den Vertreter, der uns erzählte, die Garantie wäre abgelaufen. Er fügte hinzu, dass der Motor in Amerika von einem anderen Unternehmer gefertigt würde. Wir telefonierten mit dem Hersteller des Motors und faxten ihm alle Dokumente, die wir besaßen. Nach vielen Wochen verwies er uns auf die deutsche Niederlassung in Baden-Württemberg. Dort zeigte man sich nur mäßig an unserem Anliegen interessiert, bot dennoch an, dass unser Händler, der solche Geräte wartete und reparierte, sie wegen des Vorfalls kontaktieren könnte. Wir ließen unseren Händler den Häcksler abholen. Wochenlang geschah nichts. Plötzlich, als hätten sie nun doch ein Einsehen, dass wir nicht sehr glücklich waren, von einem neuwertigen, gut gewarteten Motor beinahe „erschossen" und zu Tode erschrocken zu sein, lieferten sie einen Austauschmotor. Sie bestanden allerdings darauf, dies aus reiner Freundlichkeit zu tun, ohne irgend eine Verpflichtung hierzu anzuerkennen.

Traumhafte Steinkugel

Seitdem ich Steine sammle, interessierte ich mich für die Natursteine und fing an, über Mineralien zu lesen.
Schon früher faszinierten mich Schmucksteine, besonders Rubine und Smaragde. Erst später lernte ich, manche Steine am Aussehen zu unterscheiden. Nach der Heirat, suchte ich günstige Steine, um sie in Ringe zu fassen. Meine Frau hatte eine Silberschmiedelehre abgeschlossen, und wollte mit mir Schmuck herstellen.

Die Steine waren so teuer, dass man sich kaum welche leisten konnte. Ich besorgte uns einige wenige, um unsere Hobbys zu ermöglichen. Erstmals ging ich mit einer Kollegin zum Flohmarkt und stellte fest, dass man dort auch Mineralien kaufen konnte. Fortan ergatterte ich viele günstige Mineralien und geschliffene Steine. Es wurde eine Sucht. Gelegentlich suchte ich Mineralienbörsen auf und trug nach Hause, was ich kaufen konnte. Leider beschränkte sich die Sucht nicht nur auf Natursteine, sondern umfasste alles, was ich haben konnte. Auf dem Rückweg von unserem Garten in Frankfurt erblickte ich eine große Kugel, die vor dem Eingang eines Gebäudes liegt. Ich blieb mit dem Wagen stehen und sehnte mich nach dieser Kugel. Ich wollte sie nicht stehlen, sondern erkundigte mich bei Firmen in Idar-Oberstein nach solchen Kugeln. Als Erstes erzählte man mir, dass große Kugeln sich für eine Wohnung nicht eignen. Die Firma ließen mich wissen, dass so eine Kugel mehr als 240kg wiege und dass man über 35000 DM dafür bezahlen müsste. Danach begnügte ich mich damit, diese Kugel aus dem Auto heraus zu betrachten. Wir fuhren immer die selbe Strecke vom Garten zurück, und ich begrüßte die Kugel aus dem Wagen und sprach meistens laut zu ihr. Sie ist schwarz und glänzt. Mir wurde gesagt, dass sie aus Onyx wäre.

Inzwischen bewunderte ich andere Kugeln, die sich im Brunnen drehten. Ich sammelte mehr Wissen über Mineralien. In manchen deutschen Städten gibt es Anlagen, die Kugeln mit Durchmessern von über 70cm. Heilanstalten enthalten oft große Steinbrunnen und schöne Kugeln. Dies soll auch zur Heilung etwas beitragen.

1999 Videokonferenz mit dem Keller

Schon in meiner Kindheit freute ich mich über jede Neuigkeit. Meine Fantasie war der Zeit oft voraus. Ich wollte immer neue Entwicklungen miterleben. In Jordanien waren die Möglichkeiten begrenzt. Ich kann mich nicht beklagen, da ich eine große Portion Glück hatte, später nach

Deutschland zu reisen. Ich erlebte die weitentwickelte Industrie und war oft Zeuge neuer Entwicklungen. Ich betrachtete alles als Vorteil für alle Menschen. Im ersten Jahr in Stuttgart besuchte ich eine Neuigkeitsmesse auf dem Killesberg. Ich war so begeistert, dass ich am liebsten mitmachen wollte. Es wurde ein Bildtelefon gezeigt und meine Begeisterung verflog, als man bedenklich erzählte, dass diese Erfindung noch keine Befürworter hatte. Ich verstand diese Äußerung nicht, weil ich der Sprache nicht mächtig war. Innerlich glaubte ich immer an die Zukunft. Danach war ich jahrelang mit meiner Arbeit beschäftigt und die Zeit für Spaß und Fantasie fehlte mir. Zwischendrin erlernte ich Berufe und verbrachte zwei Jahre an der Ingenieurschule in Konstanz.

Erst 1970 machte man große Schritte auf dem Gebiet der Elektrotechnik. Durch den Computer wurden auch viele internationale Erfindungen in Deutschland bekannt. Ich wurde Programmierer und lernte den Computer kennen. Die Entwicklung auf dem Gebiet Schritt rasant voran. Mein ältester Bruder lachte mich aus, als ich ihm von den Computern erzählte, weil man in Jordanien noch keine Information darüber hatte.

Bald entwickelte sich ein weltweiter Wettbewerb. Die Maschinen wurden schneller, kleiner, effizienter und billiger. Durch meine Überforderung im Beruf verlor ich privat an Interesse für die Entwicklung. Murad stürzte sich in die Welt des Computers. Er informierte mich gelegentlich über die Neuigkeiten. Trotzdem verlor ich den Faden und wollte zu Hause keine Geräte haben. Eines Tages machte er mich auf Bildtelefone aufmerksam. Ich war gleich begeistert, und ohne zu überlegen stürmten wir einen Telefonladen und kauften ein Set aus 2 Apparaten. Er schloss ein Gerät im Esszimmer und das andere im Keller an. Mein Traum wurde Wirklichkeit. Leider interessierte sich sonst niemand für solche Telefone. Wir konnten nur mit Teststellen Bilder austauschen. Wenige Jahre später entwickelte man die Handys weiter und konnte damit auch Bilder austauschen.

Ich behielt trotzdem meine Telefone, und machte damit Videokonferenzen zwischen Keller und Esszimmer.

Der Mord am Zaun

Ich ließ mein Erbgrundstück mit Oliven- und Obstbäumen bepflanzen und einzäunen. Sameh war mein direkter Nachbar. Ich hatte ihn beauftragt, mir ein Wochenendhaus zu bauen. Er besaß Bauerfahrungen und wohnte mit seiner Familie bereits in seinem Bungalow. Obwohl die Grundstücke außerhalb lagen, fuhr gelegentlich ein Bus vorbei und hielt an, wenn Leute mitfahren wollten. Die umliegenden Dörfer konnte man auch zu Fuß erreichen. Leider übersah Sameh, dass der Boden überall locker war, und ließ die Grundmauer ungenügend befestigen. Die meisten Häuser in Jordanien hatten keinen Keller. Wenige Jahre später entstanden große Risse an den Außenwänden und eine Terrasse war fast zusammengefallen. Ich ließ einen Architekten kommen, um Reparaturvorschläge einzuholen. Mein Bruder Faisal wollte mir helfen und schlug vor, bedingte Reparaturen durchzuführen, weil das ganze Haus nach und nach Schäden aufwies. Er kannte sich in der Gegend aus und empfahl Handwerker, die gut arbeiteten. Die Reparaturen dauerten wetterbedingt sehr lange, aber die Kosten waren niedrig.

Da wir eine Wohnung in Amman hatten, wollte meine Frau nicht auf dem Land wohnen. Wegen der Reparaturen musste ich täglich 70 Kilometer zum Grundstück fahren. Petra hatte keine Lust mehr, mitzufahren. Faisal verbrachte seine Freizeit in seinem Haus auf seinem Grundstück. Während meines Aufenthaltes auf der Plantage leistete er mir Gesellschaft und schaute nach dem Rechten. Seine Kochkünste begeisterten mich. Er brauchte weniger als eine halbe Stunde, um einige Gerichte für mehrere Personen vorzubereiten.

Wir suchten nach mehr Mängeln in meinem Haus, und anschließend wollte ich nach Amman zurückfahren. Wir hatten vergessen, das Tor zu schließen, und beim Hinausgehen sahen wir einen kleinen Esel, der sich an die grünen Zweige heranmachte. Faisal war entsetzt und versuchte, den Esel zu verjagen. Es waren weit und breit keine anderen Esel zu sehen, und Faisal meinte, dass dieser wahrscheinlich aus einem Dorf entlaufen wäre. Nach meiner Ansicht war der Esel erst wenige Monate alt. Eselbabys haben eine Höhe von etwa 80 cm und werden nicht angebunden. Man behauptet, Esel seien stur und blieben immer stehen. Das Eselbaby war sehr schnell, fraß die jungen Triebe von den Bäumen, und ließ sich auch nicht heraustreiben. Faisal eilte aufgeregt hinter dem Tier her und versuchte, es von den Bäumen zurückzuhalten. Faisal und ich versuchten, den Esel zu stoppen. Er schien großen Hunger zu haben, und Faisal erklärte mir, dass die angenagten Bäume nicht mehr wachsen würden. Der Boden zwischen den Bäumen war sehr nass, und ich trug gute Schuhe.

Ich sank mit meinen Schuhen tief in die Erde und konnte Faisal mit Mühe und Not folgen. Der Esel erwischte die grünen Äste auch im Vorbeirennen. Es war unglaublich. Als wir von zwei Seiten kamen, floh der Esel in eine Ecke der Farm.

Faisal zog eine Pistole und bat mich, wegzuschauen. Ich flehte ihn an, das Tier nicht zu töten. Er meinte, der Esel hätte viele Bäume beschädigt, und müsste mit dem Leben bezahlen. Ich musste zuschauen, wie er die Pistole an den Kopf des Esels drückte und schoss. Faisal versuchte, mich zu beruhigen, aber ich konnte viele Nächte nicht einschlafen. Faisal schien darin Routine zu haben und gab zu, dass er schon etliche Hunde und Füchse, die seine Enten holten, erschossen hätte.

2000 Ein Sack Kartoffeln

Mit 61 Jahren schlugen mir die Ärzte im Krankenhaus vor, Frührente zu beantragen. Nach meiner Dickdarmoperation war es bedenklich, in das Arbeitsleben zurückzugehen. Das Rentengesetz war auch auf meiner Seite. Mein Hausarzt bestärkte mich, diesem Rat zu folgen. Ich hätte auch lange genug im Arbeitsleben gestanden. Ich war auf verschiedenen Gebieten tätig gewesen. Das Ärzteteam kümmerte sich sogar um den Papierkrieg. Mein letzter Chef war nicht begeistert, da ich sein einziger Programmierer war. Es lief alles sehr schnell, und die Bundesanstalt für Angestellte war mit den Ärztlichen Empfehlungen einverstanden. Nachdem die Formalitäten geklärt waren, schickte man mich zur Genesung nach Norddeutschland. Meine Frau und ich überlegten uns danach, die kalte Jahreszeit in Jordanien zu verbringen. Wir zögerten nicht lange und flogen nach Amman. Unser Sohn Murad war mit seinem Studium nicht fertig und hütete unsere Wohnung in Maintal. Mein Bruder Ahmed bereitete sich auf unseren Besuch vor, weil wir vorhatten, etwas länger in der Heimat zu bleiben. Er kümmerte sich in unserer Abwesenheit um unsere Wohnung und holte uns am Flughafen ab. Er ließ vorher die Heizung warmlaufen und füllte den Kühlschrank mit Lebensmittel. Zusätzlich hatte er einen großen Sack Kartoffeln als Vorrat gekauft. In Jordanien hat man zwei-zentner-Säcke, da die Familien groß sind. In Deutschland kaufte meine Frau gelegentlich zwei Kilogramm Kartoffeln, die wir in einem Monat aßen. Als Petra die großen Sack erblickte, konnte sie mit dem Lachen nicht aufhören und fragte meinen Bruder, warum so viele Kartoffeln in der Küche lagen. Er lächelte und antwortete, dass die Deutschen nur Kartoffeln äßen. Wir verteilten die Kartoffeln schon am nächsten Tag.

Ahmed hatte uns dreimal in Frankfurt besucht und Petra hatte jedes Mal Pommes Frites zubereitet, weil unsere Kinder diese am liebsten vertilgten.

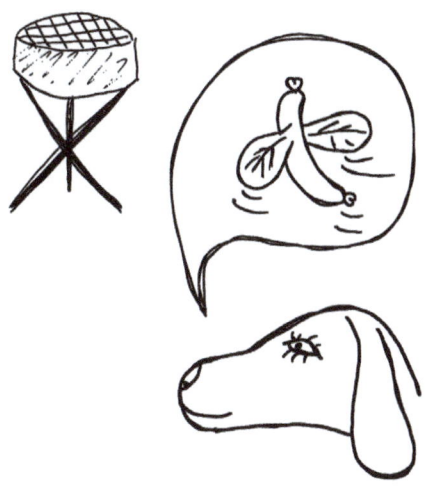

2004 Es geht um die Wurst

Als unsere zwei Söhne kleine Kinder waren, grillten wir sehr oft im Garten. Meistens bereitete Petra verschiedene Spieße mit Rindergehacktem, Tomaten und Zwiebeln zu, die ich auf den Grill legte. Alle aßen begeistert.

Als der Jüngere eingeschult wurde, war der Garten für die Kinder nicht mehr interessant. Sie wollten ihre Freiheit genießen. Wir gingen trotzdem oft in den Garten und Petra kochte für die Familie zuhause. Beide Kinder erwähnten den Garten nicht mehr. Ich war sehr traurig, da ich schon als Kind von Gärten träumte. Petra und ich hatten keine große Lust mehr, im Garten zu ackern, wir nutzten den Garten nur noch zur Erholung. Statt Beeten hatten wir nur noch Wiese.

Als Amin 25 Jahre alt wurde, sehnte er sich nach einem Garten. Wegen seines Hundes wollte er unbedingt ein Grundstück haben. Er behandelte Nero wie den besten Freund. Er grillte sehr oft und amüsierte sich mit Gartenarbeiten. Der Hund schaute brav beim Grillen zu.

Eines Tages holte Amin seine Brötchen aus dem Auto, als seine beiden Würste auf dem Grill gerade gar wurden. Als er zum Grill zurückkehrte, war dort keine Wurst mehr, und

Amin wurde von den Brötchen nicht satt. Er kam bei uns vorbei und berichtete, noch kochend vor Wut, wie der Hund ihn um die einzige Mahlzeit des Tages gebracht hatte. Nero schlich geduckt umher, als zöge die Erde ihn doppelt so stark an, wie sonst.